KB116471

대지의
슬픔

대지의
슬픔

버펄로 빌 코디의
이야기

에리크 뷔야르 지음
이재룡 옮김

이 책은 실로 꿰매어 제본하는 정통적인 사철 방식으로 만들어졌습니다.
사철 방식으로 제본된 책은 오랫동안 보관해도 손상되지 않습니다.

스테판 티네와

피에르 브라보 갈라에게

차례

인류 박물관

스펙터클은 세계의 기원이다. 묘하게 시대에 맞지 않는 비극이 꼼짝도 않고 저기 버티고 있다. 콜럼버스 항해 4백 주년을 기념하고자 1893년 시카고에서 열린 만국 박람회장의 중앙 통로, 골동품 좌대에 인디언 신생아의 말린 시체가 전시된 것이다. 이 행사에 2천1백만 명이 방문했다. 사람들은 아이다호 빌딩의 목조 발코니에서 어슬렁거리고 농업관 입구에 전시된 초콜릿으로 만든 거대한 〈밀로의 비너스〉 같은 첨단 기술의 기적을 감탄 어린 눈으로 구경했고 쇠뿔 모양의 봉투에 넣은 소시지를 10센트 주고 사 먹었다. 무수한 건물이 신축되었고, 아치와 석탑, 그리고 동서고금을 막론한 온갖 양식의 석고 건축물은 마치 상트페테르부르크를 날림으로 지은 꼴과 유사했다. 우리에게 남겨진 흑백 사진을 보면 조각상과 분수로 치장된 궁전, 여유롭게 이어진 돌계단이 붙은 연못이 기상천외한 도시 같다는 환상을 불러일으킨다. 그러나 그 모든 것이 가짜이다.

그런데 만국 박람회의 핵심, 그 절정, 가장 많은 관객을 끌어 모았을 법한 것은 〈와일드 웨스트 쇼Wild West Show〉라는 공연이었다. 누구나 그것을 보려고 했다. 아기 시체를 전시한 좌대의 주인이었던 찰스 브리스틀 역시 만사 제쳐 두고 그 공연을 보고 싶어 했다. 그는 직업 전선에 뛰어들었던 초엽, 와일드 웨스트 쇼의 매니저 겸 의상 담당이었기 때문에 이 스펙터클을 잘 알고 있었다. 그러나 이것은 더 이상 예전 같지 않았고 이제는 거대한 기업이 되었다. 1만 8천 명의 관객을 앞에 두고 하루 2회 공연을 했다. 거대한 천에 그려 넣은 무대 배경 앞에서 말들이 질주했다. 그가 알고 있었던 예전 공연, 로데오와 총잡이의 시연이 적당히 이어지던 공연이 아니라 역사의 한 장면을 연출한 진정한 공연이었다. 한편에서 만국 박람회가 산업 혁명을 기념하는 동안 다른 편에서는 버펄로 빌이 정복의 역사를 찬양하고 있었다.

한때 찰스 브리스틀은 〈키카푸 인디언 제약 회사〉를

위해 일했다. 그 회사가 내세우는 대표 상품은 허브와 알코올을 혼합한 〈사그와〉라는 약이었는데 관절염과 소화불량에 특효라는 이 사이비 약을 팔려고 8백여 명의 인디언과 50여 명의 백인을 고용했었다. 카우보이들이 유난스레 더부룩함과 복명증에 시달렸는지 도처에서 이 증세에 대한 치료제를 찾았다. 그런데 찰스 브리스틀은 약장사를 그만두고 그가 모았던 예술적인 소장품을 들고 장기 순회 전시를 시도했다. 제약 회사에서 일하던 위네바고족 출신 인디언 둘도 그를 따라나섰다. 전시는 중서부에서 개최되었고 인디언들이 각 전시물의 기능을 춤을 통해 시연하는 짧은 단막극은 재미도 있었고 교육적이었다.

만국 박람회가 열리기 3년 전인 1890년 말, 찰스 브리스틀은 라일리 밀러라는 건달과 한 팀을 이루었다. 라일리와 어울린 이후 브리스틀이 꾸며 낸 전설은 신빙성이 떨어진다. 브리스틀의 말에 따르면 그때까지 그가 긁어모은 보물은 인디언과의 친분을 이용해서 얻어 낸 자질구레한 선물들이었다고 했다. 그런데 라일리는 살인자이자 도둑이었다. 그는 죽은 인디언의 머리 가죽을 벗기고

옷을 벗겼다. 그는 인디언을 살해한 후 그들의 모카신, 무기, 장옷, 머리카락 등 모든 것을 훔쳤다. 남녀노소를 가리지 않았다. 시카고 박람회에서 브리스틀이 전시한 유물의 일부는 거기에서 온 것들이었다. 훗날 네브래스카의 역사 박물관은 찰스 브리스틀의 수집품을 사들였다. 그리고 오늘날에도 아마 박물관 수장고 어디에선가 만국 박람회에서 전시되었던 인디언 아기의 말린 시체를 찾을 수 있을지도 모른다. 따라서 스펙터클과 인류학은 같은 진열장에 전시된 시체에 대한 호기심에서 출발했다고 볼 수 있다. 그래서 오늘날 전 세계 박물관의 유리 진열장에서 볼 수 있는 것은 오로지 약탈품과 전리품일 따름이다. 그리고 우리가 거기에서 구경하는 흑인, 인디언, 혹은 아시아인들의 물건은 시체에서 훔쳐 온 것이다.

스펙터클의 본질은 무엇인가?

시간을 약간 거슬러 올라가 시카고 만국 박람회가 열리기 몇 해 전으로 가서, 그 기막힌 와일드 웨스트 쇼를 조금 더 가까이에서 들여다보기로 하자. 도대체 무슨 매력이 있기에 하루에 4만 명이나 되는 사람들이 구경하려고 몰려왔을까? 덧없는 인생사에 어떤 바람이 불었기에 말 탄 남자가 악을 쓰며 판지 무대 배경 앞을 질주하는 거대한 원형 극장으로 사람들이 밀려들었을까? 버펄로 빌이 그의 스펙터클을 완성한 것은 만국 박람회보다 10년 앞선 때였다. 쇼는 그때그때 한 장면에 다른 장면을 얼기설기 덧붙이면서 점진적으로 이뤄졌다. 초기의 쇼는 아마도 로데오 장면이 이어지는 단조로운 구경거리에 불과했을 텐데 버펄로 빌은 여기에 머물지 않았다. 전직 총잡이는 무대에 올라가 오락 기술에 혁명을 일으키고 〈뭔

가 다른 것〉을 만들어 내기로 했다. 버펄로 빌은 쇼 프로
그램을 개선하고 새로운 스타를 모집하면서 서커스단을
이끌고 이 도시 저 도시를 전전했다. 그런데 그의 쇼가
발전해 나가며 와일드 웨스트 쇼는 다른 형식의 성공을
거두게 되었다. 그의 쇼는 더 이상 서커스가 아니었고 가
설무대에 오르는 광대 무리도 아니었다. 그렇다. 거기에
는 뭔가 새로운 구석이 있었다. 그런데 잘 들여다보면 맥
락이 뚝뚝 끊어지고 작은 조각을 늘어놓은 것이었다. 게
다가 괴물이나 흉측한 사람처럼 아주 기상천외한 것도
없었다. 그럼 대체 무엇이었을까?

움직임과 액션이었다. 현실 그 자체였다. 그렇다. 질주
하는 말들, 재구성된 전투, 서스펜스, 떨어져 죽었다가
다시 일어서는 사람들. 그 모든 것이 있었다. 넋을 잃고
박수 치며 폭소하고 환호와 비명을 지르는 관중은 날로
늘어났다. 그것은 마치 북소리에 맞춰 세계가 창조되는
모습 같았다.

그러나, 진짜 기폭제는 다른 데에 있었다. 와일드 웨스
트 쇼의 핵심 개념은 다른 데에 있었다. 쇼의 목표는 마
음속을 떠나지 않을 고통과 죽음의 직관으로 관중들을

경악시키는 것이었다. 마치 뜰채로 작은 은빛 물고기를 잡아내듯 관중을 그들 자신으로부터 건져 내야만 했다. 그들 면전에서 인간 무리가 비명을 지르며 흥건한 피바다에 쓰러져야만 했다. 경악과 공포와 희망, 삶 위에 던져진 일종의 눈부신 빛, 극단적 진실이 필요했다. 그렇다. 사람들은 전율해야 한다. 스펙터클은 우리가 알고 있는 모든 것을 뒤흔들고, 우리를 앞으로 떠밀고, 우리의 확신을 박탈하고, 우리를 불태워야만 한다. 그렇다. 스펙터클은 비난하는 사람들이 뭐라 하건 우리를 불태운다. 그것은 우리를 농락하고, 기만하고, 도취시키며, 우리에게 온갖 형태의 세계를 제공한다. 그리고 때로는 무대가 이 세계보다 더욱 존재감이 크고, 우리의 삶보다 더욱 현존하며, 현실보다 더욱 감동적이며 개연성이 있고, 악몽보다 더욱 무섭기도 하다.

와일드 웨스트 쇼를 보고 싶은 욕망을 유발시켜 관객을 모으기 위해서는 그들에게 이야기를 들려줄 필요가 있었다. 우선 수백만 명의 미국인, 그리고 유럽인이 듣고 싶은 이야기, 아마 그들 자신은 몰랐겠지만 깜빡거리는 전등 아래에서 이미 들었을지도 모를 그런 이야기가 필요했다. 미국 도시의 인간들, 내적 불안에 의해 다른 누구도 아닌 오로지 자기 자신에게만 집요하게 의문을 제기하는 신인류, 고뇌의 심연에서 별세계에 떨어졌다고 느끼는 그들, 진보의 정령이 인류의 횃불을 잡고 전에 없이 그 횃불을 높이 치켜들라고 선택한 자들, 그렇다, 이 미국 도시의 인간들은 뭔가 다른 것의 목격자이고자 했으며, 상상력을 통해 대평원을 가로지르고 콜로라도 계곡을 건너 개척자의 삶을 알고 싶어 했다. 이상하게 보일지도 모르지만 젊은 미국 도시인들은 개척자의 삶과 파란만장한 이야기를 통해서 용기와 폭력의 거대한 발산, 수천 킬로미터 떨어진 곳에서 아직도 벌어지고 있는 그들 자신의 〈역사〉를 중계 방송을 보듯이 보고 싶어 했다.

이 모든 것이 아주 그럴 듯하지만 군중이 발산하는 땀 냄새, 혹은 그들 영혼의 발산을 통해 버펄로 빌은 알고 있었다. 군중이 보러 온 것은 카우보이나 총잡이가 아니란 것을 말이다. 스펙터클의 힘(그 힘이 어디에서 오는지는 그도 딱히 모르고 있었을지 모른다), 그가 스펙터클의 진정한 본질을 이끌어 낸 아이디어, 스펙터클을 매력적이게 만든 것은 바로 인디언의 존재, 진짜 인디언의 출현에 있었다. 그렇다, 사람들은 오로지 그것 때문에 오는지도 모른다. 오! 물론 그들 자신은 모른다. 왜냐하면 그들 대부분은 인디언을 깔보았기 때문이다. 그러나 천신만고 끝에 가족 모두가 제각기 입장권 한 장씩 구해서 객석에 얌전히 앉아 있는 것은 오로지, 거두절미하고 오로지 인디언을 구경하기 위한 것이었다. 따라서 버펄로 빌은 인디언을 보여 줘야만 했다. 또한 공연이 번창하려면 끊임없이 새로운 스타를 발굴해야만 했다.

　이를 위해서 버펄로 빌뿐만 아니라 그의 흥행 매니저였던 존 버크 소령도 있었다. 당시 계급장을 달고 다녔던 대부분의 사람들이 그렇듯 존 버크도 소령이 아니었다. 또한 그는 애리조나 근처에도 가보지 못했지만 가끔 애리조나 존이라는 별명으로 불리기도 했다. 그는 그저 가장 밑바닥의 건달이었다. 그 시절에는 어떤 멍청이라도 선수를 치기만 하면 도시를 건설하거나 장군이 되고 사업가가 되고 주지사가 되고 합중국의 대통령이 될 수 있었다. 존 버크도 아마 이런 경우에 속할 것이다. 그리고 존 버크, 그는 스펙터클의 거대한 기계가 도래함을 감지

했고 버펄로 빌의 언론 담당자, 그의 홍보 담당자가 되었
다. 그는 그 누구보다 위대하고 황당한 홍보 담당자였다.
기자이자 브로커, 서커스단 매니저였던 그는 인간과 시
대의 완벽한 조우 덕분에 〈쇼 비즈니스〉를 발명했다.

배우

문명은 항상 굶주린 거대한 짐승이다. 그놈은 닥치는 대로 먹는다. 문명에게는 후추, 홍차, 석탄, 주석이 필요하다. 우리가 아무리 먹여도 문명이란 짐승은 결코 만족하지 않는다. 또한 문명은 물질적이지 않은 먹이도 요구하지만 그런 것에는 금세 싫증을 낸다. 끊임없이 신참, 새로운 얼굴이 필요하다. 그래서 와일드 웨스트 쇼도 규칙적으로 다른 배우들을 채용해야만 했다. 이런 데에는 예술가보다 낫고, 최고의 곡예사나 그 어떤 선천적 기형보다도 나은 사람들이 있다. 역사의 진정한 주연이 그런 이들이다. 조금 상상력을 동원해 보시라! 관객을 놀라게 할 곡예사는 언제라도 돈 주고 고용할 수 있고 호기심 많은 사람들을 호객할 꼽추나 쌍둥이는 어디서나 구할 수 있다. 그러나 매일 수만 명을 끌어모으고, 1만 5천 명에서 2만 명의 관객에게 1달러보다 조금 비싼 표를 사게 하고, 수년 동안 아침저녁으로 이를 유지하려면 곡예사나 꼽추와는 다른 전무후무한 어떤 것이 요구된다. 바로 이런 연유로 늙은 인디언 추장이자 리틀 빅혼 전투의 승리자였던 시팅 불[1]은 몇 년간의 유배와 수감을 거친 후 1885년 어느 날 아침 존 버크의 방문을 맞게 되었다.

거대한 포유동물 존 버크는 혼자 찾아왔다. 날씨는 눈이 부시게 화창했다. 울퉁불퉁한 길의 충격을 완화하는 용수철 장치가 달린 무개 마차에 높다랗게 앉아 흔들거리면서 존 버크는 골똘하게 사업에 대해 생각했다. 그처럼 몸집이 비만한 사내에게 도로 상태는 당연히 조금 불편했고 불쑥 튀어나온 곳과 움푹 파인 구덩이가 갖은 고통을 야기했다. 그는 앓는 소리를 내며 길고 긴 버드나무 길을 따라 가다가 대평원을 가로지르는 좁은 길로 접어들었다. 긴 여행으로 녹초가 되었지만 그는 도착하자마자 느긋하고 상냥한 태도를 취했다. 그렇다. 푸른 하늘과 더불어 자질구레한 선물을 들고 온 그의 입에서는 사탕

1 원래 이름인 타탕카 이요탕카는 〈앉은 소〉라는 뜻이며 영어로 시팅 불이라 불리기도 했다. 리틀 빅혼 전투에서 미국 기병대를 궤멸시켰으나 몇 년에 걸친 싸움 끝에 항복했다. 이하 모든 주는 옮긴이의 주이다.

발림이 쏟아져 나왔다. 그는 인디언에게 궐련을 권했지만 인디언은 거절했다. 그는 침묵을 지키는 늙은 인디언 앞에서 갑부처럼 거만하게 긴 장죽으로 담배를 피웠다. 물밑에서는 이미 은근하고 치열한 싸움이 펼쳐지는 관례적 인사를 나눈 후 존 버크는 복잡한 미로 속에 함정을 파놓은 화려한 장광설을 늘어놓았다. 달콤한 말을 늘어놓으며 그는 머리카락을 귀 뒤로 넘겨 붙이며 매무새를 가다듬었다. 그러나 늙은 인디언은 고집스레 침묵을 지켰다. 15분가량 너스레를 떤 후에야 존 버크는 우회 전술이 먹히지 않는다는 것을 깨달았다. 시팅 불이 의심하는 눈치라서 그는 단도직입적으로 본론에 들어가는 게 낫다고 생각했다.

인디언 추장은 진즉에 알고 있었다. 백인 남자들은 항상 여러 가지 얼굴을 보이지만, 그 어느 얼굴에도 속으면 안 된다는 것을. 그들은 항상 잇속에 얽혀 있었다. 모피 사냥꾼, 군인, 개척자, 카우보이, 술장수 등. 이제 그가 아는 일련의 백인들에 공연 흥행사가 더해졌다. 그런데 시팅 불은 이미 〈쇼 비즈〉에 대해 짧은 전력을 가지고 있었다. 지난해 그는 뉴욕의 어느 박물관에서 밀랍 인형들 사이에 끼어 구경거리로 전시된 적이 있었다. 한바탕 감언이설의 홍수가 지나간 후 추장은 존 버크와 출연료 협상에 들어갔다. 주급 50달러에 덧붙여 선금, 보너스, 그리고 모든 지출은 흥행사가 지급할 것을 요구했고, 특히 그는 명시적으로 한 조항을 추가하기를 원했다. 자신이 찍힌 사진의 판매와 서명을 마음대로 사용할 수 있는 독점권을 자신이 가진다는 것이었다. 존 버크는 긴 말씨름을 벌이지 않았다. 시팅 불은 와일드 웨스트 쇼에서 관객을 끄는 핵심적 미끼였기 때문이었다. 그래서 계약을 체결했고 인디언 추장은 쇼에 합류하게 되었다.

그의 첫 활동은 사진 촬영을 위해 포즈를 취하는 일이었다. 시팅 불과 버펄로 빌은 작은 칸막이가 있는 데로 안내되었다. 거기에서 그들은 밀짚을 딛고 서서 황량한 서부 풍경을 재현한 것처럼 보이는 장막 앞에서 포즈를 취해야 했다. 그 장막에는 초라한 자작나무가 조악하게 그려져 있었다. 천지창조의 장면을 옮겨 놓은 듯한 엉뚱한 배경 속에서 시팅 불은 불편해 보였다.

그리고 순식간에 모두가 얼어붙어 더 이상 움직이지 않았다. 혹은 아주 조금만 꼼지락거렸는데 아주 짧은 순간, 커다란 은판 위에 빛의 작은 입자들이 각인되는 찰나, 시팅 불과 버펄로 빌은 악수하는 자세를 취했다. 사진사가 무대 커튼 뒤로 사라지자 시팅 불은 깊은 고독을 느꼈다. 그는 우리의 유물들이 남아 있는 시간만큼이나 오랫동안 굳어진 채로 있다가 곧 차가운 영역 속으로 고독에 의해 떠밀려 들어갔다. 그 순간, 그는 모든 것을 잊어버렸다. 심지어 죽은 형제들조차 잊었다. 천막, 황야, 야영, 길고 긴 여행, 이 모든 것을 그는 까맣게 잊었다. 거품을 일으키며 으르렁거리는 강물이 그의 모든 추억을 휩쓸고 지나갔다. 나뭇가지 사이로 햇살이 비치는 배경 속에서 향수에 젖은 커다란 폐선(廢船)처럼 굳어진 것은 그의 뻣뻣한 상반신, 그의 근엄한 옆얼굴만이 아니었다. 거기, 그 사진 속에서 무엇인가가 그를 기다리고 있는 것처럼 보였다. 그는 가죽 주름통과 까만 자루로 된 사진기의 코앞에서 정체성의 혼란에 빠져 우뚝 서 있었다. 움직이지 마세요! 사진사가 셔터 달린 고무공을 치켜들더니 꾹 눌렀다. 펑. 끝났다. 늙은 인디언과 버펄로 빌의 모습이 잠깐 젤라틴의 은 입자 사이에서 부유했다. 그리고 가로 17센티미터, 세로 12센티미터의 종이 위에 영원히 고착되었다. 이 유명한 사진 속에서 시팅 불과 버펄로 빌은 영원토록 손을 맞잡고 있다. 그러나 이 악수에는 아무런 의미도 없고 — 그것은 선전용 제스처일 뿐, 다른 그 무엇도 아니다 — 광고 효과를 높이는 수작으로서 사진은 서로 모순된 두 요소를 전달해야만 했다. 종족간의 화해와 미국인의 정신적, 육체적 우월성이 그것이다. 그래서 이 사진 속에서 버펄로 빌은 보다 근엄하게 보이려고 지나치게 가슴팍을 부풀렸다. 그는 왼쪽 다리를 약간 내밀고 고개는 당당하게 뻣뻣이 치켜들고 인디언을 노려보며 꼿꼿이 버티고 서 있다. 허공을 멍하니 바라보는 시팅 불은 그저 손을 내밀고 있다. 진보가 승리하는 장면이다. 보는 사람은 조금 당혹스럽다.

시팅 불이 배우 경력을 시작하며 무대에 처음 등장했던 곳이 미국 어느 도시였는지 나는 모른다. 그러나 스펙터클에는 큰 차이가 없었다. 우선 사람들이 「별이 빛나는 깃발」을 합창할 때 버펄로 빌이 깜짝 등장한다. 그는 한 손에 모자를 치켜들고 말을 타고 등장한다. 그리고 그를 둘러싸고 인디언과 카우보이들이 행진한다. 트럼펫 소리가 울려 퍼진다. 그 순간 모든 이가 기다리던 사람이 원형 경기장에 입장한다. 왜냐하면 스펙터클의 핵심은 스펙터클 자체가 아니라 리얼리티이기 때문이다. 그렇다. 리얼리티보다 나은 것은 없다! 리얼리티, 그것은 괴상한 것이다. 그것은 도처에 있지만 동시에 아무 데에도 없다. 그리고 묘한 노릇인 것이, 얼마 전부터 리얼리티가 시든 것처럼 보이지만 그 이유를 설명할 수가 없다. 리얼리티는 여전히 저기 그대로 있는데 그 본질을 잃어버린 것처럼 보인다. 리얼리티의 토대를 이루고 있었던 것이 돌연 뒤집히고, 변하고, 상하고, 터져 버렸다. 이제 무엇이 리얼리티인지 더 이상 알아보지 못하게 되었다. 속도와 돈과 거래가 모든 것을 끌고 가는 듯 보인다! 그리고 우리가 꿈꾸었던 오래된 이미지 중에서 무엇 때문에 우리가 아쉬움에 빠지는지 알 수 없다. 우리는 무엇을 아쉬워하는가? 어떤 사회? 어떤 이상? 어떤 감미로움?

자, 어쨌든 쇼가 시작되었다. 한 명의 인디언이 원형 무대에 입장했다. 그는 리틀 빅혼 전투의 승리자이다. 그는 자신의 가장 멋진 의상을 골라 입었다. 무대에서 프랭크 리치먼드가 크게 소리쳤다. 「신사 숙녀 여러분, 위대한 인디언 추장을 소개합니다.」

미국 국기가 펄럭거리는 와중에 거대한 오락 기계 속으로 들어서는 이 순간만큼 시팅 불이 혼자인 적이 없었다. 캐나다에서 한줌의 추방자 틈에 끼어 망명 생활을 하던 시절에도 이토록 혼자이지 않았다. 진정한 어둠은 뚫고 지나갈 수 없는 법이다. 거대한 숲속에서 흐릿한 형태 사이로 유랑하며 홀로 말을 타고 찬비를 맞은 적도 있었다. 그렇다. 그는 혼자였고 쓸쓸했지만 그래도 자유로웠고 뜨거운 증오심으로 충만했었다. 그런데 지금의 시팅 불은 원형 극장 안에서 혼자이다. 그가 사랑했던 위대한 것들은 까마득히 먼 옛일이 되었다. 그리고 객석에 모인 사람들은 오로지 이걸 위해 온 것이다. 모두가 이것을 보러 온 것이다. 순전히 이걸 보기 위해서. 바로 그의 고독을.

예전에 미국과 유럽의 모든 사람들은 결코 아무것도 보지 못했다. 그들은 자신들의 몽상 외에는 아무것도 보지 못했다. 아주 먼 옛적부터 지금까지 그들은 유구르타 왕과 그가 이끄는 누미디아인, 말을 타고 내달리는 아랍인, 아주 길게 머리를 땋은 중국인 등 먼 나라 적들에 대해 말로만 들어 왔다. 그런데 수정 구슬이 깨지고 미래가 산산조각 나버렸다. 오래된 동화는 끝났다. 이제부터는 우리의 승리를 이야기하는 연속극 제1부 첫 번째 에피소드가 시작된다. 베일이 찢어지고 드레스가 불탄다. 그 첫 번째 에피소드부터 우리는 이 세계의 주역이 될 것이다.

조롱의 휘파람과 야유가 쏟아져 나온 것도 그때부터였다. 시팅 불은 태연하게 원형 경기장을 한 바퀴 돌았다. 아무도 그가 인디언 전쟁의 한 장면, 그의 삶의 어떤 순간을 연기할 거라고 기대하지 않았다. 그냥 한 바퀴 도는 것만으로 충분했다. 〈역사〉를 재현하는 것은 불가능했다. 과거는 계단식 좌석에 둘러싸여 있으며 관객은 그 유령을 보고 싶어 했다. 그것이 전부이다. 그들은 유령에게 말을 걸고 싶지 않았다. 그들은 보려고만 했다. 그들은 잠깐 커튼을 들춰서 인디언을 보려고만 했을 뿐이다.

우리는 무엇을 보는가? 무엇을 듣는가? 죽음의 입이 무슨 거짓말을 더듬더듬 이야기하는 것일까? 말하는 그 목소리는 어떤 것일까? 우리의 감정을 좌지우지하는 그 거짓말은 어떤 것일까? 그런 말은 아주 깊은 곳, 우리 오장육부의 가장 깊은 끝에서 온다. 우리는 그것을 한쪽 귀로 무심히 흘려 듣다가 무력하게 벼랑 끝으로 이끌리게 된다.

군중은 악을 쓰고 욕을 한다. 침을 뱉기도 한다. 전대미문의 일이 여기서 벌어지고 있다. 〈홍인종〉, 사람들 말에 따르면 농장 주변을 배회하던 이상한 짐승, 그게 바로 여기에 있다니! 관객을 진정시키려는 프랭크 리치먼드에게 무대 뒤에 있던 버펄로 빌이 신호를 보냈다. 그러나 속수무책. 인디언 추장은 욕설을 받으면서도 자기가 해야 할 행진 한 바퀴를 끝내 해내야만 했다. 엄청난 소란이었다. 사진 기자들은 카메라를 들이댔다. 아이들의 눈이 휘둥그레졌다. 그리고 시팅 불은 천천히 원형 극장을 빠져나갔다.

알자스로렌에 온 버펄로 빌

그런데 와일드 웨스트 쇼의 제작자이자 스타 사회자인 버펄로 빌은 도대체 누구인가? 사람들은 그를 두고 어깨는 나무꾼처럼 떡 벌어졌는데 예술가의 손을 지녔다고들 했다. 관상학에 따르면 지나치게 섬세하고 가느다란 손가락은 광기로 흐르는 기질을 드러낸다고 한다. 그리고 사실, 버펄로 빌 코디는 평생 동안 깊은 좌절과 심각한 우울증을 겪었다. 삽으로 달러를 퍼 담았고 박수갈채를 받았지만 모두 소용없었고 무대 커튼이 내려가면 그는 금세 혼자가 되었다. 그의 낡은 광대 천막에서 화장을 지우자마자 그는 끔찍한 불안에 빠졌다. 수천 번 반복했던 일이지만 거울 앞에서 카우보이모자를 벗고 기계적으로 머리를 빗다 보면 가슴 한쪽이 텅 빈 것처럼 찌릿하고 저려 오는 느낌이 들었다.

당시 버펄로 빌의 육신 자체가 이미 순수한 〈마케팅〉의 산물이자 일종의 시뮬라크르였다. 이 광고 문구로 범벅이 된 남자의 뒤에 무엇이 숨어 있는지 사람들은 도무지 알 수 없었다. 공연 기획자이자 슈퍼스타가 된 그가 무슨 생각을 하는지 아는 것은 그보다 더 어려웠다. 그렇다고 해서 그가 흔적을 남기지 않은 사람인 것은 아니었다. 과잉은 결핍의 또 다른 증거이다. 고고학이 유적의 학문이라면 〈너무 많이 본 것〉에 관한 학문은 아직까지 존재하지 않는다. 이 사안에서 가장 이채로운 점은 너무 진부하다는 데에 있다. 버펄로 빌은 무의미한 장면을 똑같은 순서와 똑같은 열정으로 되풀이해서 연기했다. 성공은 하나의 도취이다. 반복은 묘한 안도감을 주는 덕목, 묘한 마취력, 진실의 힘을 지녔다. 존재조차 몰랐던 무수한 잡지의 주인공이 된 그의 삶은 다른 사람들에 의해 가공되었다. 그는 자신의 이름이나 이력을 결정하지 않았다. 1867년경 철도 건설 노동자로 일했을 시절, 동료들은 그에게 버펄로 빌이란 별명을 붙여 주었다. 그리고 우연히 그는 네드 번틀라인이란 사람과 독주를 나눠 마시며 자신의 모험담을 늘어놓았고 네드 번틀라인은 그것을 가지고 싸구려 소설을 썼다. 술 한 잔을 더 얻어먹으려고 꾸며 댄 허풍스러운 이야기, 건달 겸 부랑자의 너스레가 연재소설의 주제로 변했다. 연재가 이어지면서 하룻밤의 허세와 더불어 다양한 곁가지로 길게 늘여진 이야기의 주인공, 번틀라인이 앞머리를 장식하고 꼬리를 붙여 탄생한 버펄로 빌이란 인물은 꽤 유명세를 얻게 되었다. 버펄로 빌은 제이슨 워드라는 배우가 무대에서 자기 역할을 했고 그 덕분에 버펄로 빌이란 인물이 유명해졌다는 사실을 나중에야 알았다. 따라서 그가 스스로 결정한 것은 아무것도 없었다. 자기 삶의 주인이 아니었던 셈이다. 그는 강력한 위조의 매력에 빠져들어 자신을 복제하고 수정했다. 결국 사람들은 그에게 자기 자신의 역할을 연기하라고 부추겼던 셈이다. 그래서 자기 자신의 캐릭터에 자기를 맞추기 위해 화려한 의상을 갖춰 입고 무대에 올라갔다. 그는 자기 자신을 모방했다. 그는 서서히 자신이 연기하는 인물로 변해 갔다. 그의 인생은 다른 사람들에게 보여 주려고 가공한 일종의 다른 삶, 자기 삶의 패러디였다. 게다가 공연이 자아내는 환상은 너무도 강해서 관객을 사로잡았을 뿐 아니라 서부에는 발을 들여놓

39

은 적도 없고 무대에서 쓰는 공포탄 외에는 실탄을 쏴본 적 없었던 배우들조차 자신들이 늘어놓은 허풍스러운 경험담과 흉내 낸 모험을 스스로 믿게 되는 정도였다. 리틀빅혼 전투 장면을 수십 번 반복해서 연기했던 버펄로 빌은 말년에 이르러 진정으로 자신이 그 전투에 참전했다고 믿게 되었다. 심지어 관객은 〈해피엔드〉를 더 좋아하고 그러한 스펙터클의 속성 때문에 전투의 결말을 수정하기까지 했다. 이렇게 역사의 수정본을 수년간 연기하며 성공을 거두자 버펄로 빌은 자신이 커스터[2]의 목숨을 정말로 구했다고 믿는 지경에 이르렀다!

그러나 진짜 삶은 언제나 엄존한다. 우리는 변덕스럽고 알 수 없는 세상에 내리는 빗방울 하나하나에서 진짜 삶을 되찾곤 한다. 나는 이런 모습을 상상해 본다. 온갖 호텔에서, 혹은 응접실과 당구대, 주방과 욕실까지 딸린 그의 특별 열차에서 커다란 구름이 객실을 어둡게 짓누르는 순간, 버펄로 빌은 술 한 잔을 홀짝거리며 마시고

---

2 리틀 빅혼 전투 당시 미국 육군 지휘관이었으나 그곳에서 전사한 조지 암스트롱 커스터를 의미한다.

있다. 잠깐 창밖으로 고개를 내밀자 저 멀리 앞쪽에 시커 멓고 웅장한 기관차가 얼핏 보인다. 뺨에 바람을 맞으며 그는 증기 기관의 무시무시한 굉음을 듣는다. 고개를 돌리니 광활한 황무지, 누런 풀, 삐죽삐죽 솟은 죽은 소나무가 가득한 숲의 끄트머리가 눈에 들어온다. 그는 기차 연기에 눈이 침침해진 채 다시 반듯하게 앉는다. 그는 수많은 사람들을 떠올려 본다. 소금 자루에서 소금을 퍼내듯 그가 채용하고 해고했던 그 모든 사람들을. 사업가의 자질구레한 근심 걱정에 싸여 음식 부스러기가 남은 식탁을 더듬거리지만 아직 해결하지 못한 목전의 어려움들이 마치 이름 없는 회한처럼 불쑥 떠오른다.

아이에게 신열이 난 적이 있었다. 루이자가 밤새 그 곁을 지켰다. 그것은 복통으로 시작되었다. 처음에는 눈물을 찔끔 흘리며 아픈 부위를 설명하고 끙끙거리는 것으로 그쳤다. 아이에게 따뜻한 물을 마시게 하고 그의 작은 침대에 앉혀 주었는데 아이가 토하기 시작했다. 주변 사람들은 덜컥 겁을 내고 의사를 불렀다. 버펄로 빌은 노스 플레이스의 집과 아주 멀리 떨어진 곳에서 순회공연 중이었다. 루이자는 아주 외로웠을 것이다. 이것이 가끔 그가 대기실에서 떠올리는 생각이다. 그날 밤 그의 방으로 올라오라고 했던 여배우의 굵은 다리가 눈앞에 선했다. 하지만 그의 아들이 아프다는 것을 그가 알 수 있었을까? 그리고 알았다고 해서 뭐가 달라졌을 것인가? 오만 가지 상념이 명멸하는 어둠을 뚫고 한순간 번갯불처럼 어린 키트[3]의 얼굴이 불쑥 떠올라 그는 끔찍하게 슬프고 고통스러웠다. 그러나 그것도 잠깐, 여배우 조세파의 이름이 기억났고 그녀가 숨을 헐떡이며 혀를 그의 입안에 밀어 넣고 그를 열락에 이르게 하는 동안 그녀의 젖가슴을 주물럭거렸던 일도 떠올랐다.

그리고 계속 술을 홀짝거리며 마시다 보니 긴장이 풀어지면서 목이 마르고 아득하게 혼곤해졌다. 돌연, 아주 젊었던 시절의 루이자가 다시 생각났다. 얼마나 날씬하고 아름다웠던가! 그토록 사랑했던 그녀를 다시 생각하고, 그들이 겪었던 시절에 대해 자문해 보았다. 다정하고 우아한 매너를 지닌 세인트루이스 출신의 아름다운 아가씨를 쓸쓸하고 가혹한 여인으로 서서히 변하게 만든 것이 무엇인지 생각해 보았다. 아마도 쇼와 쇼 중간의 빈

3 버펄로 빌의 아들인 키트 카슨 코디는 1876년 성홍열로 사망했다.

시간이던 어느 오후, 대낮에 낮잠에서 깬 묘한 회색빛 각성 상태에서 베개가 남긴 일시적 주름 때문에 후줄근해진 얼굴로 그는 어린 아들 키트 카슨 코디를 생각했다. 마치 삶과 모험이 불가분한 하나라는 듯 그는 그 유명한 개척자의 이름을 아들에게 붙여 주었다. 아들의 작은 목소리가 들리는 듯했다. 왜냐하면 다른 것보다 목소리는 우리 마음속에 가장 오랫동안 남아 있기 때문이다. 아! 그때 거기에 내가 있었더라면. 그는 한숨을 내쉬었고 부인에 대한, 그리고 나쁜 아버지 혹은 술주정뱅이였던 자신에 대한 회한을 되풀이했다.

성공에 눈이 먼 그는 멋진 말을 늘어놓으며 미국 전역을 떠도는 여행을 이어 갔다. 파리, 런던, 심지어 로마까지 가지 않는 데가 없었다. 그리고 마침내 세상의 저 끝, 네로가 기독교인들을 순교자로 만들었던 로마의 콜로세움 원형 경기장 앞까지 자신의 슬픔과 영광의 공연단을 끌고 간 그는 당국에 공연 허가를 요청했다. 그러나 거절당했다. 운명의 장난이라 할까. 콜로세움은 그의 공연에 충분히 크지 않았기 때문이었다.

대서양을 건너 유럽 전역을 주유한 그의 공연단은, 이탈리아를 떠나서도 역과 역을 전전하고 수많은 공연을 거친 다음 어느 날 낭시[4]에 도착하게 되었다. 대양을 건널 때는 몇 척의 배가 필요했다. 선창에 말뚝 1천2백 개, 횡목 4천 개, 밧줄 3만 미터, 천 2만 3천 미터, 의자 8천 개, 목재와 철재 1만 개를 실었고 이 모든 것이 3대의 발전기로 불을 밝힌 1백여 개의 천막과 그 위를 장식할 만국기를 위한 것이었다. 공연단은 단원 8백 명, 말 5백 마리, 들소 열댓 마리로 구성되었다. 또 다른 노아의 방주라 할 만했다. 들소들은 작은 우리에 갇혀 파도에 흔들렸고 구유에 먹을 것을 토해 냈다. 이놈들도 뱃멀미를 했다.

그들은 대로 끝 커다란 길가에 짐을 풀었다. 천막과 객석은 몇 시간 만에 설치되었다. 단원들의 손발이 척척 맞았다. 버펄로 빌은 오후 2시, 저녁 8시, 이렇게 하루 두 차례 공연하기로 결정했다. 아! 낭시와 바르르뒤크 꼬마들은 단돈 1프랑 65상팀으로 얼마나 행복했을까!『라루스 백과사전』에서 그림으로만 보았던 낯선 짐승, 물소에 아이들은 압도되었다. 아이들은 자르빌에서 전차를 타고

4 프랑스 동북부에 있는 도시. 로렌 지방의 중심지이다.

카르노 광장에서 내린 후 겨울의 거리로 흩어졌다. 크리스마스가 코앞이라 상점 진열장은 휘황찬란하고, 군밤 장수의 호객 소리가 요란하며, 사람들은 꿈에 잠겨 할아버지 할머니에게 보낼 우편엽서 몇 장을 샀다. 그들은 애니 오클리가 총을 쏴서 수백 개의 유리구슬을 꿈을 날려버리듯 산산조각 내는 모습을 보았다. 그들은 그 장면을 마치 꿈 그 자체로 받아들였다.

원래 버펄로 빌은 마지막 공연이 끝나면 공연장을 해체하라고 명령하곤 했다. 그러면 단원들은 장터의 가판대를 치우듯 한 시간 내에 짐을 쌌다. 그리고 지체 없이 다음 공연지로 출발했다. 그런데 낭시에서 그는 사우스다코타에 심각한 소요 사태가 일어났다는 소식을 들었다. 인디언들이 폭동을 일으켰다는 소식이었다.

아마도 그는 직원들을 소집하여 온갖 지침을 내렸을 것이다. 그리고 서두를 필요가 있다고 생각한 그는 가격 협상을 통해 단원들이 체류할 수 있는 작은 성을 임대했다. 몇 가지 당부를 하고 체류 조건을 정해 준 후 버펄로 빌은 바로 런던으로 발길을 돌려 가급적 빨리 미국으로

향했다. 공연단은 알자스에 남아서 몇 달간 지루한 시간을 보냈다. 몇 명의 인류학자가 인디언들을 찾아와 묘하게 생긴 각도기로 그들의 두개골을 쟀고 훗날 박물관을 만들 요량으로 그들의 수공예품을 사들였다. 스트라스부르 근교 벤펠드성(城) 주변의 오래된 호수와 뮐바크 농장 사이에서 카우보이들이 어슬렁거리며 돌아다니는 모습은 〈쇼〉 그 자체보다 더욱 이상한 별미의 구경거리였을 것이다. 또한 큰 길을 가다가 시플로크 숲 근처에서 소규모의 들소 떼를 곁눈질하는 재미도 색달랐을 것이다. 이렇듯 몇 달 동안 알자스 지방의 산책자들은, 만취 상태로 디그 거리를 휘청거리며 걷다가 운하의 물을 퍼마시는 수Sioux족 ── 따분함을 이기지 못하고 밖으로 나온 ── 을 보고 눈을 동그랗게 뜨고 놀랐을 것이다.

마르세유에서 순회공연을 하던 중에 〈깃털 인간〉이라 불리는 인디언 하나가 낙상했다. 위험한 묘기를 부리다 보면 이런 종류의 사고도 일어나는 법이다. 그는 성모 수태 병원으로 이송되었다. 상태가 악화되었지만 공연단은 다시 다른 데로 떠나야만 했다. 프랑스어와 영어를 한 마디도 못하는 그는 고통과 신열에 시달리며 세상 끝에 홀로 남아야만 했다. 1월 6일 새벽 4시, 고독하고 가혹한 고통 끝에 그는 죽고 말았다. 그의 시신은 생피에르 공동묘지로 이송되어 8구역 19혈 2번 표지목 자리에 묻혔다. 몇 해가 흘렀다. 아무도 시신을 찾으러 오지 않았다. 그의 유해는 다시 파내어져 무연고자를 위한 구덩이에 던져졌다.

모든 공동묘지에는 십자가, 비석, 그 어느 것도 없이 무거운 뚜껑이 덮여 있고 제대로 관리되지 않는 작은 정방형 자리가 있는데 그것은 빈곤층을 위한 구역이다. 가끔 조약돌이나 마른 꽃이 놓여 있기도 하고 바닥에 백묵으로 쓴 이름이나 날짜가 보이기도 한다. 그것이 전부이다. 이런 무덤보다 더 감동적인 것이 없다. 이것이야말로 인류의 무덤일 것이다. 우리는 이것들을 아주 깊이 사랑해야 한다.

운디드니 학살

세계의 마지막 순례자들은 내쫓기거나 밀려난 사람들, 강제 이주를 당한 민족과 같이 비참한 사람들 무리가 될 것이다. 그들은 시체의 장사진이 될 것이다. 다코타에서 목장주들은 인디언이 폭동을 일으킬 것이란 소문을 퍼뜨렸고 강력한 선동을 주도했다. 긴장이 극도로 고조되자 수많은 인디언은 도망칠 궁리를 했다. 지역에 정착한 대규모 목축업자들은 방대한 목초지를 작게 갈라놓는 농민들이 갈수록 늘어나자 그들에게 겁을 주려고 했다. 목축업자들은 재빨리 지방 의용군을 무장시킨 후 인디언을 괴롭혔다. 10여 명의 인디언 전사를 사살한 매복 공격 이후로 긴장은 한층 더 고조되었고 넬슨 마일스 장군은 시팅 불에 대한 체포 명령을 내렸다.

와일드 웨스트 쇼에서 한 철 공연을 끝낸 인디언 추장

은 배우 생활을 접고 그랜드리버의 인디언 보호 구역에 사는 동족 품으로 돌아갔다. 그는 이제 늙고 지쳤다. 그래서 그곳에서 평화롭게 여생을 마무리하고 싶었다.

1890년 12월 15일 새벽, 인디언 담당 경찰관 40여 명은 시팅 불의 천막에서 1.5킬로미터 거리까지 말을 타고 천천히 전진하다가 갑자기 속도를 올려 마을 안으로 진입했다. 모두들 자고 있었다. 아! 새벽의 신선한 대기와 돌투성이 대지에 비치는 햇살은 얼마나 사랑스러운가. 그러나 그날 아침에는 새들도 울지 않았고, 이웃 오두막에서 어린 소녀가 세수하며 흥얼거리는 노래도 들리지 않았고, 반쯤 깬 귀에 들리는 것은 마흔세 마리 말이 내달리는 발굽 소리뿐이었다. 이익과 권력 존중이 신의 목소리에 응답한 것이다. 역사는 죽었다. 빈대들만 남았다. 불의가 꿈틀거릴 때는 그 소리로 구별이 된다. 마일스 장군은 몸소 시범을 보여 주는 사람, 규율의 전문가였다. 날이 밝았다. 그들은 인디언 추장의 움막 앞에 왔다. 진격하는 데에 시간을 낭비할 수 없었다. 태양이 빛났다. 대기는 얼어붙었다. 입에서 입김이 길게 뿜어 나왔다. 누군가 소리를 질렀다. 시팅 불이 천막에서 튀어나왔다. 그의 얼굴은 희끄무레했다. 과거는 우리에게 색깔 없이 다가온다. 체포하러 왔다는 말을 듣자 그는 옷을 입을 시간을 주면 따라가겠다고 대꾸했다.

개들이 짖어 댔다. 햇살이 작렬했다. 인디언 전사들은 적개심을 품고 경찰들을 바라보았다. 금세 난장판이 되었다. 그들이 경찰을 모욕하고 밀쳐 냈다. 그다음에 벌어진 일에 대해선 더 이상 누구도 아는 사람이 없다. 비극은 목격자마저도 앗아가기 마련이다. 한 남자가 총을 뽑아 발사했다. 한 사람이 입을 부들부들 떨었다. 이제 더 이상 현실은 없고 무슨 일이든 벌어지고 폭발할 지경이다. 몸싸움이 벌어졌다. 분노에 찬 주먹이 치켜 올라갔다. 첫번째 사람이 쓰러졌다. 차가운 먼지 속에서 그의 눈길은 짚 사이를 헤맨다. 갑자기 경찰 하나가 근접 사격을 했다. 시팅 불이 휘청거렸다. 어쩌면 그는 마지막 순간에 객석에서 울려 퍼지는 야유를 들었는지도 모른다. 죽어가는 시체로서 그는 살아 있는 인간의 조그만 얼굴들을 보았다. 또 다른 경찰이 다가와 장총으로 그의 숨을 완전히 끊었다. 그리고 발로 그의 시체를 한쪽으로 밀었다.

이제 인디언들은 가죽과 헝겊 천막, 보따리, 낡은 담요, 가방, 그리고 그들에게 남은 초라한 것을 챙겼다. 아이들은 울었다. 바람이 마차 안에 파고들었다. 쉰 목소리가 전진하라는 명령을 내렸다. 인디언들의 목구멍에 분노가 차올랐다. 마을을 떠난 라코타족은 빅 풋[5]의 야영지에 피난처를 틀었다. 그러나 마일스 장군은 곧바로 빅 풋도 체포하라는 명령을 내렸다. 부대가 머뭇거렸다. 마일스는 명령과 그 명령에 모순되는 명령을 폭풍우처럼 쏟아 냈다. 빅 풋은 평화주의자였으니 그를 믿고 차분하게 있는 것이 나았을지도 모른다.

그러나 군대가 올 것을 두려워한 라코타족은 빅 풋의 미니콘주족과 더불어 이미 길로 나섰다. 날씨는 끔찍하게 추웠고 그들은 능선을 따라 말라붙은 나무 아래로 힘겹게 길을 열어 갔다. 빅 풋은 병들었다. 많은 아이들이 병들었다. 그들은 체리 크리크 하구를 통과한 후 오래된 마찻길을 되짚어 샤이엔강을 따라갔다. 말들은 차가운 비를 맞으며 천천히 걸어갔다. 말을 탄 인디언들은 묵묵

5 원래 이름인 웅팡 글레스카는 〈점박이 사슴〉이라는 뜻이며 별명이 〈큰 발〉이라 영어로 빅 풋이라 불리기도 했다.

히 앞장섰고 그 뒤로 늙은 말, 남자와 여자, 그리고 수레
가 따라갔다. 헉헉거리는 소리와 밭은 숨소리가 이어졌
다. 길 양쪽이 깎아지른 듯 험난해서 말들이 미끄러졌다.
그리고 다시 대열을 이루고 길을 따라갔다. 모두 홀로였
고 제각기 피곤했다. 늦은 오후 아무 데서나 멈춰서 천막
을 풀고 다닥다닥 움막들을 쳤다.

피난 행렬을 차단하려고 마일스 장군이 기병대 2개 연
대를 출동시킨 것은 바로 그때였다. 그사이에 인디언들
은 다시 길을 떠난 터였다. 굶주린 그들의 걸음은 느리기
만 했다. 바람이 평원을 휩쓸었다. 얼굴이 굳어지고 피부
는 잿빛이 되었다. 여자와 아이들은 지푸라기가 썩어 가
는 마차 한구석에서 서로 몸을 의지했다. 그들은 몇 시간
후 포큐파인 언덕 아래쯤에서 기병대와 맞부딪쳤다. 시
팅 불이 쓸어 버렸던 그 오래된 연대, 리틀 빅혼의 연대,
휘트사이드 소령이 지휘하는 제7기병 연대 소속 2백여
명의 군인이었다. 오! 물론 당연히 똑같은 군인들은 아니
었지만 같은 복장에, 같은 전통 속에서 길러진 틀에 박힌
군인들이었다. 연대는 다 죽어 가는 행렬의 길을 끊었다.
인디언 하나가 창끝에 하얀 속옷, 그러니까 백기를 만들

어 흔들었다. 그들은 군인들에게 우유와 먹을 것을 달라고 했다. 군인들은 운디드니에 가면 필요한 것을 배급하겠다고 약속했다.

인디언들은 기병대의 호위를 받으며 다시 출발했다. 운디드니에 도착하자 장교 하나가 야영 준비를 하라고 명령했다. 병든 빅 풋은 의무실로 이송되었다. 셔츠 하나에 머플러만 두른 차림이라 그는 추워했다. 몹시 추워했다. 인디언들은 되는대로 임시 거처를 만들었고 밀가루와 베이컨을 배급받았다. 가족들은 작은 모닥불 주위로 모여 앉았다. 베이컨을 잘라 불을 붙였다. 지글거리는 소리와 함께 기름이 흘러내렸다. 연기가 매웠다. 아이들은 불을 들여다보았다. 솔가지가 타오르자 그들 얼굴에서 빛이 났다. 솥에서 약간의 물이 끓었다. 부글거리는 소리가 났다. 그리고 어둠이 깔렸다. 마차가 바람에 삐걱거리는 소리를 냈다. 남자들은 잠깐 서 있었지만 피곤에 짓눌려 쓰러졌다. 그리고 다시 추위가, 더욱 매서운 추위가 찾아왔다.

—

아침에 나팔 소리가 울려 퍼졌다. 전사들이 집합했다. 그들은 무기를 모두 불 속에 던지라는 명령을 받았다. 그 래도 숨겨 놓은 무기가 있는지 살피려고 군인들이 천막 속을 뒤졌다. 칼, 도끼, 혹은 그 무엇이라도 찾겠다며 마 차 위로 훌쩍 뛰어 올라가기도 했다. 분노가 치솟았다. 군인들이 언덕에서 인디언을 향해 거총한 상태였다. 갑 자기 총성이 울렸다. 약간의 충돌이 일어났지만 그것이 어디에서 시작되었는지 몰랐다. 그리고 굉음이 한 차례 으르렁거렸는데 뒤이어 다른 굉음이 첫 번째 굉음을 덮 어 버렸다. 그것은 4문의 산악용 호치키스 대포였다. 장 전이 용이하고 작동이 간편한 데다가 사정거리 2킬로미 터의 명중도를 갖춘 그것은 주둔지가 내려다보이는 언덕 위에 있었다.

그러자 모두 우왕좌왕했다. 탄막을 피하는 데에 성공 한 몇몇 인디언이 군인들에게 몰려들었다. 격렬한 육박 전이 벌어졌다. 총검이 팔을 찢고 두개골을 갈라놓았다. 악을 쓰는 듯한 명령이 쏟아졌는데 귀까지 닿는 것이 불가능했다. 대포는 눈에 띄는 천막에 마구잡이로 포를 쏘아 댔다. 천막 기둥이 까맣게 타며 무너졌다. 사람들이 이리저리 뛰어다녔다. 마차는 시체의 무게를 견디지 못하고 주저앉았다. 그러더니 대포는 달아나는 자를 잡으려고 저 먼 들판 쪽으로 포격을 가하기 시작했다.

돌연 아무런 소리도 나지 않았다. 바람결에 침대보 하나가 널려 있는 듯한 분위기였다. 군인들은 총구를 내렸다. 무슨 일이지? 적막에는 무엇인가 두려운 것이 숨겨져 있었다. 군인들은 몸이 굳어진 채 서로를 바라보았다.

그들 아래에는 거의 몰살당한 인디언들이 널브러져 있었다. 대포를 재장전했고 두세 차례 불꽃이 피어올랐다. 비명 소리. 몇몇 군인은 제발 그만하자고 애원했다. 심지어 외마디 비명 소리도 났는데 누가 그런 것인지 알 수 없었다.

그것이 전부였다.

그리고 격렬한 폭풍이 불었다. 신의 명령인 양 하늘에서 눈이 내렸다. 가볍고, 차분한 눈송이들이 시체 주위에서 맴돌았다. 눈송이는 그들의 머리카락, 입술 위에 내려

앉았다. 눈꺼풀에 내린 서리가 별처럼 반짝거렸다. 눈송이 하나는 얼마나 연약한가! 지친 작은 비밀, 위로할 수 없는 쓸쓸한 사랑.

그리고 바람이 일었다. 윙윙거리는 소리가 끔찍했다. 짙은 어둠, 휘날리는 바람 소리. 전진하는 데 숨이 턱턱 막혔다. 눈이 너무 쏟아져서 군인들은 조금 떨어진 막사로 후퇴하여 대기해야만 했다. 그들은 자려고 애썼다. 이틀이 지났다. 태풍이 조금 가라앉아 밖으로 나오자 끔찍한 광경에 놀랐다. 사방 천지에 시체가 널려 있었다. 오로지 시체뿐. 평원이 시체로 뒤덮여 있었다.

군인은 민간인을 징집했다. 커다란 수레가 파괴된 인디언 거류지에 들어왔다. 그것은 처참한 추수였다. 이토록 시체로 가득 찬 수레를 본 적이 없었다. 뻣뻣한 팔들이 수레 칸막이 바깥으로 튀어나왔다. 살들은 얼어붙어 있었다.

구덩이가 필요했다. 곡괭이가 한겨울 얇은 얼음이 긴 땅바닥에 부딪쳤다. 그리고 마침내 흙이 한결 부드럽고 따스해졌다. 삽으로 파는 일을 끝내자 세 사람이 구멍 속으로 뛰어내렸다. 시간이 걸리는 일이었다. 팔 수 있는 모든 것을 벗겨 낸 후 시체를 한 구씩 옮겼다. 팔이나 다리 한 짝씩 잡고 〈하나, 둘, 셋! 영차!〉 하고 공중으로 내던졌다. 피곤, 그리고 피어오르는 악취로 현기증이 났다. 시체가 쌓였고 사람들은 목도리로 입을 가린 채 작업을 계속했다. 쉬는 시간에는 씹는담배를 나눠 질겅거리며 휘파람을 불었다. 그리고 팔과 다리, 몸통을 잡아 던지는 일을 이어 갔다. 잠든 사람 하나. 잠든 사람 또 하나. 그들 모두가 잠들어 있는 것 같았다! 그리고 그들은 머리는 한쪽으로 몰리고 팔은 배에 깔린 이상한 자세로 서로 꼬여 버렸다. 그 얼굴, 죽은 눈, 말의 눈깔. 백이었다. 시체가 백이 넘었다. 101, 102, 103. 모두 합해 남자가 84명, 여자가 48명, 아이가 18명이었다. 한 줄을 낡은 담요로 덮고 다른 방향으로 한 줄을 쌓고, 이런 식으로 계속해 나갔다. 1891년 1월 2일의 일이었다.

아기를 하나 구입하다

그리스 시인 아르킬로코스는 인골의 사막을, 그것도 혼자서 건너가야만 했다고 한다. 인디언 출신 의사 찰스 이스트먼 박사는 생존자를 찾아 주변을 뒤지러 왔다. 그는 1월 1일 아침에 도착했고, 정오가 되자 그와 그의 동행자들은 벌써 열 명의 생존자를 찾았다. 초조해진 그들은 애정과 비애를 가슴에 가득 안은 채 연신 구덩이를 뒤졌고 죽어 가는 사람이 숨겨져 있을 법한 데를 찾아 사방으로 뛰어다녔다. 그런데 어디에서 아기 울음소리가 들리는 것 같았다. 아마 헛소리를 들었다고 믿었으나 다시 칭얼대는 소리가 들렸다. 사람들은 흩어져서 귀를 쫑긋 세우고 천천히 앞으로 나아갔다. 하늘은 잿빛이고 구름은 두꺼웠다. 돌연 한 사람이 소리쳤다. 다른 사람들이 그쪽으로 달려갔다. 울음소리는 어떤 여인의 시체에서 새어나왔다. 사람들이 엎드려서 시체 주위를 파보았다. 자기가 흘린 피로 엉겨 붙어 뻣뻣하고 차가운 인디언 여인을 들어올렸다. 죽은 여인의 품에서 작은 여자 아이를 발견했다. 얼어붙은 팔을 억지로 벌려야만 했다.

—

운디드니에서 기병대가 인디언을 학살하는 동안 버펄로 빌은 미국에 도착해서 네브래스카로 갔다. 거기에서 시팅 불의 죽음과 그다음에 일어난 대학살의 소식을 들었다. 그가 자신이 개입하지 못했다고 죽는 순간까지 후회했다는 주장도 있지만 그것은 중요하지 않다. 중요한 것은 그가 곧장 운디드니에 갔다는 점이다. 파인 리지에서 마일스 장군과 함께 찍은 전설적 사진 속에서 그의 모습을 볼 수 있다. 그러나 이런 동지애가 좋은 징조라고 할 수 없다. 마일스는 더러운 자식이다. 그는 자기 부대 소속의 아파치 정찰병을 플로리다로 유배 보냈고, 2년간의 수감 생활 후 고향에 돌려보내 준다는 조건으로 그에게 항복한 제로니모는 결코 애리조나로 돌아갈 수 없었다. 몇 년 후에 마일스는 시카고 풀먼 공장의 파업을 진압했다. 노동자 열두 명이 살해당했다. 마일스는 워싱턴 D.C.에서 심장마비로 죽었다. 손자들과 함께 서커스 공연을 구경하던 중이었다.

존경받고 매력적인 젊은 군인 레너드 W. 콜비가 파인 리지 역에 내린 것은 버펄로 빌이 도착한 지 며칠 후였다. 나중에 꽤나 유명해진 후 레너드 W. 콜비는 버펄로 빌과 존 버크가 어떤 식으로 그를 파인 리지까지 안내했고, 어떻게 함께 한담하면서 인디언 구역까지 동행하게 되었는지 여러 번 털어놓은 적이 있다. 백인들의 천막 속에 들어가 화약 상자와 기름통 사이에 짐을 내려놓은 후 레너드 콜비와 버펄로 빌은 운디드니로 갔다. 그런데 언덕에 올라가자 단번에 눈에 들어온 풍경은 불에 탄 마차가 여기저기 흩어져 있는 평야에서 거지, 보물 사냥꾼, 서리꾼들이 인디언의 유물을 찾아 떼를 지어 돌아다니는 것이었다. 전쟁이 무엇인지 잘 알고 이미 전쟁터의 모습을 보았던 적이 있는 레너드 콜비와 버펄로 빌은 여기에서 전투라곤 전혀 일어나지 않았고 오로지 학살, 문자 그대로

학살만이 있었다는 사실을 금세 알아차렸다.

그들은 발길을 파인 리지 상관(商館)으로 돌렸고 다시 술집으로 갔다. 거기에 파인 리지의 여왕이자 버펄로 빌의 애인인 메이 어세이가 있었기 때문이다. 메이 어세이가 술집 뒷방에서 버펄로 빌의 키스를 받으며 정녕 즐거워했는지, 덥수룩한 군인 스타일의 수염이 그녀 입술에 닿는 것을 좋아했는지 나는 알 수 없다. 그리고 그녀가 먼지투성이 식탁에서 성교를 하고 먼지투성이 행주로 몸을 닦은 다음 카운터 뒤로 돌아와 절정의 홍분을 가라앉혔는지 나는 모른다. 내가 아는 것은, 그녀의 남편 제임스 어세이가 학살 전날 저녁에 군인들에게 위스키를 나눠 줬다는 것이다. 그는 사업체를 가지고 있었고 사업은 잘 돌아가야만 했다. 부대에 작은 선물을 뿌리는 것이 사업에 해로울 리 없었다.

그러나 제임스 어세이가 양심의 가책을 완전히 접어두고 살았던 것은 아닌 모양이었다. 그는 아침부터 폭음하기 시작했고, 정오 무렵 그의 삶은 허무 속에 용해되어 버렸다. 오후 내내 더러운 담요를 뒤집어쓰고 땀을 흘리며 자면서 연기로 사라진 어떤 사람을 잠결에 불러 대곤

했다. 부인이 거칠게 그를 침대에서 끌어내려 저녁 장사를 돌보라고 내보냈다. 한 인간이 이런저런 식으로 파란만장한 삶에 발목을 잡히게 된다는 것을 알 수 있다. 어세이는 며칠 전 기병 연대를 구워삶으려고 위스키 몇 통을 들고 운디드니에 갔었다. 그런데 지금 그는 벌건 대낮에 뼛속까지 허무에 사로잡혀 양심의 가책에 짓눌려 있다. 그렇다고 전적으로 그를 미워할 수도 없는 노릇이다. 그의 이마는 식은땀으로 끈적거렸고, 숨소리는 죽었으며, 사람들 사이에서 무서울 정도로 외톨이였던 그는 이제 다른 사람들이 곁에 없을 때조차도 외롭고 괴로운 처지에 빠졌다. 그는 아마도 동정심이 많은 사람이었을 것이다. 그렇다, 그는 자기 자신의 처지를 얼마나 동정했던가! 그는 책 속에 쓰여 있는 것처럼 살고 싶어 했고 자아의 심연에 몸을 던져 거기에서 죽으려고 했었다. 그런데 그는 책을 읽지도 않았을뿐더러 책을 증오했다. 그가 아는 것이라곤 술, 담배, 게으름, 그리고 그 한심한 사업뿐이었다.

마일스 장군은 가끔 그의 술집에 들렀고 파인 리지의 여왕은 그럴 때마다 좌불안석이었다. 마일스는 술꾼이었

고 술이 거나해지면 점차 사납고 거칠어졌다. 취중에 식
탁을 뒤집어엎고 그녀의 팔을 비틀어 잡고 뒷방으로 데
려가려고 했다. 그녀는 이 늙은 주정뱅이에 대해 조금 겁
을 먹었다. 버펄로 빌도 밤새도록 술을 마시고 카드놀이
를 했지만 그녀는 그의 우스꽝스러운 굵은 음성, 염소수
염, 술 장식이 달린 윗도리를 좋아했다. 그리고 그는 장
군보다 더 다정하게 굴었다. 그런데 그날 파인 리지에 마
일스 장군은 나타나지 않았다. 레너드 콜비, 버펄로 빌,
그리고 흥행 매니저인 존 버크 소령만 있었을 뿐이었다.

  후에 레너드 콜비가 파인 리지에서의 이야기를 할 때,
그는 어세이의 술집에서 버펄로 빌, 존 버크와 함께 보낸
그날 밤에 대해서는 한 번도 이야기하지 않았다. 그는 청
중의 귀를 사로잡고, 가끔 거래 관계를 가졌던 기자와 인
디언들을 구워삶을 때 온갖 허풍을 늘어놓던 작자였지
만, 걸쭉한 입담의 버크가 술을 병째로 들이키며 처음으
로 그 작은 인디언 아기에 대해 들려주었던 이야기는 결
코 발설하지 않았다. 그는 버크가 운디드니에서 발견된
아주 작은 아기 진트칼라 누니, 〈가장 흥미로운 인디언

유품〉(버크가 목각 인형처럼 고개를 끄덕거리며 이 단어를 또박또박 발음하는 모습을 상상하면 소름이 끼친다) 이자 그 참상이 일어난 지 며칠 후 기적적으로 발견된 아기를 처음으로 언급했던 그 대화에 대해 한 번도 말을 옮긴 적이 없었다. 그렇다. 레너드 콜비는 기자들, 그의 큰 응접실에 초대되었던 사람들, 그 누구에게도 이에 대해 이야기한 적이 없었다. 버크가 얼마나 비싼 값을 치르고 아기를 샀는지 — 버크 자신도 그것이 사람들에게 알려지길 원치 않았다 — 언급하지 않았고 이를 평생 숨겼다. 버크는 아기를 돈 주고 샀다. 그렇다. 그는 아마도 와일드 웨스트 쇼를 위해 아기를 샀을 것이다. 아닐 수도 있지만, 파격적 쇼에 내보내기 위한 것이 아니라면 달리 이유가 없다. 〈운디드니의 어린 생존자〉라는 식으로 말이다. 그런데 갑자기 버펄로 빌과 존 버크는 마음을 고쳐먹고 아기를 되팔기로 결심했다. 그 이유는 영원히 알 수 없다.

그 순간 콜비의 심장은 아주 심하게 두근거리기 시작했다. 이것이 좋은 돈벌이가 되리라는 냄새를 맡았기 때문이다. 인디언들과 장사하는 데에 인디언 아기를 입양

하는 것보다 더 좋은 게 어디 있겠는가? 사업과 눈물은 양립 불가능하지 않을뿐더러 오히려 세상에서 버림받은 깡패들은 폭력적이면서 동시에 감상적이다. 아마 콜비는 돈 계산도 했겠지만 동정심도 느꼈을 것이다. 가격 흥정은 무자비했다. 어세이의 가게 안에서 어떤 인디언 여자가 끌어안고 있는 아기를 코앞에 두고 콜비와 버펄로 빌과 버크가 아기 값을 흥정했고, 파인 리지의 여왕인 메이가 그들에게 술을 따라 주었다. 콜비가 진트칼라 누나를 얼마에 샀는지는 모르지만 그것은 대수롭지 않고 다만 우리가 알 수 있는 것은 단지 콜비, 그 작자가 미친놈이었다는 것이다. 그가 평생 일삼은 미친 짓 중에서도 가장 커다란 미친 짓은 아마도 아기를 구입하여 입양한 것, 즉 눈물과 이익을 이 지경에 이르기까지 혼동했다는 것이다. 그렇다. 마치 유아 세례를 받는 것처럼 옷을 입힌 아기를 품에 안고 찍은 그의 끔찍한 사진에서 볼 수 있듯이 레너드 콜비는 타인의 삶을 자기 삶에 매몰시켜 자신의 끔찍함을 희석시키는 짓을 통해 광기의 극단으로 치달았다.

—

    사람들은 이 꼬마 인디언을 마거릿, 마거릿 콜비라고 불렀다. 나는 이 아이가 네다섯 살 때쯤의 사진들을 보았다. 사진 중 하나에서 아이는 소파 옆의 레이스 아니면 모슬린 커튼 안에서 몸을 웅크리고 있었다. 아이의 얼굴은 어두웠다. 눈빛은 새까맸다. 예쁜 모습이었다. 명문가 아이처럼 공주님 드레스를 입고 있었다. 수줍은 미소를 띠었고 한 손으로 커튼 끝자락에 매달려 있었는데 마치 그것이 풀어야만 할 수수께끼인 것처럼 손가락 사이에 붙잡고 있었다. 콜비의 집은 미심쩍은 골동품, 타조 깃털, 연꽃, 상형문자 등으로 가득 차 있었다. 오후에는 간식으로 샌드위치, 과일 파이, 잼을 바른 비스킷을 내왔다. 사람들은 인디언 아이가 어떻게 살고 있는지 무척 궁금해했고 양모인 콜비 부인은 딸의 일상과 행동에 관한 칼럼을 신문에 기고하기 시작했다. 일찌감치 〈대중 매체〉의 과잉이 어떤 데로 흘러가는지가 여기에서도 엿보인다.

    아이는 성장했고, 순종적이지 않았기 때문에 기대와

달리 좋은 기독교 교육의 모범생이 되지 않았다. 마당에 널어놓은 빨래 사이에서 술래잡기 할 나이인 아주 어릴 적부터 이미 그 아이는 길거리를 떠돌며 처마 밑에서 흑인 여자아이들과 수다를 떨었다. 결국 기숙 학교에 보내진 그녀는 어머니에게 횡설수설뿐인 장문의 편지를 썼다. 그녀는 자주 아팠고 가끔 자살하겠다는 협박도 늘어놓았다. 결국 어머니는 그녀를 포틀랜드로 데리고 가서 그곳에 터를 잡았다. 양부 레너드 콜비로 말하자면, 그는 코빼기도 내비치지 않았다. 그는 멀리서 잔재주를 부리며 살아가고 있었다. 콜비는 한때 진트칼라 누나라는 이름을 명함에 찍어 사용하면서 인디언들과 거래했다. 그것은 수지맞는 장사였다.

색유리 창문을 만들 때에는 색깔은 무시하고 우선 윤곽부터 그리기 시작한다. 그런 다음, 유리 조각을 자르고 빨간색, 파란색, 노란색을 바른 후 이 모든 것을 굽는다. 유리가 식으면 파란색, 검푸른색 조각을 빨간색 조각에 이어 붙인다. 이런 식으로 영화 제국의 전초 기지, 하나의 언덕인 할리우드가 형성된다. 훗날 젊은 인디언 여인이 단돈 몇 달러를 벌기 위해 둥지를 튼 데가 바로 그곳이었다. 그때는 영화를 핫도그처럼 만들던 시절이라 촬영 기사가 카메라에 필름 통을 잽싸게 장착하고, 배우에게 빨리 자리를 잡으라고 악을 쓴 후, 감광판이 빛에 노출되면 연신 회전 손잡이를 돌린다. 그러면 마치 봄날 목련꽃이 피기 전 봉오리에 미리 연한 색깔이 감돌 듯 카우보이와 인디언, 역마차의 잠재적 형상이 맺히게 된다. 그러나 관객은 뉴저지에서 촬영된 가짜 카우보이, 가짜 인디언들의 서부극이 지겨워졌다. 그들은 작은 화면에서 진짜 먼지가 일어나고 가로 24밀리미터, 세로 18밀리미터에 진짜 서부의 햇살이 각인되기를 원했다.

인디언 아가씨는 몇몇 영화에 출연했다. 그러나 인디언을 캐스팅한 것은 주연급 배역을 연기하라는 것이 아니었다. 할리우드에 도착해서 겨우 몇 달이 지나자 그녀는 밑천이 떨어졌다. 그때 운명의 장난인지 그녀는 와일드 웨스트 쇼의 개막 행진에 발탁되었다. 긴 뱀과 쩔렁거리는 보석으로 장식한 그녀는 아마 춤을 추며 다리를 드러내야 했을 것이다. 그녀는 시시콜콜 따지며 살지 않았다.

푼돈을 좇아 몇 년을 떠돌아다녀도 결국 그런 삶에서 아무것도 얻은 것이 없는 그녀는 방세를 내고 입에 풀칠하기 위해서 음산한 불운에 몸을 던져 매춘을 하게 되었다. 그리고 당시에 특히 허약한 사람을 공격하며 창궐했던 스페인 독감이 그녀의 목숨을 앗아가고 말았다.

그녀가 죽기 얼마 전에 찍은 사진이 남아 있다. 그녀는 샌프란시스코에서 열린 파나마 퍼시픽 박람회에서 인디언 복장으로 포즈를 취하고 있다. 그런데 묘한 점은 원래 인디언인 그녀가 〈변장〉을 하고 있는 것처럼 보인다는 점이다. 이 초라한 상업 사진 속에서 진트칼라 누니가 변장한 것처럼 보이는 이유는 단지 그 서커스 의상과 연출 너머로 그녀의 지치고 슬픈 눈빛이 〈우리는 모두 우리가 쓴 가면 때문에 불타서 죽는다〉라고 외치고 있었기 때문만은 아니다. 그렇다, 그녀에게 술 장식이 달린 윗도리를 입히고 싸구려 가죽신을 신겼기 때문만이 아니다. 그보다 더욱 끔찍한 이유가 있다. 운디드니의 아기인 진트칼라 누니가 우리 눈에 변장한 것처럼 보이는 이유는 그녀가 더 이상 인디언이 아니기 때문이었다.

운디드니 〈전투〉

버펄로 빌은 네브래스카에 머물렀던 시간을 이용해서
다른 데에도 들렀다. 그의 유명한 〈쇼〉를 위해 알자스로
렌으로 돌아가기 전에 그는 시팅 불의 살해 현장으로 순
례길에 올랐던 것이다. 그는 늙은 추장의 측근들을 만나
그들에게 시팅 불에 대한 애정과 존경심을 털어놓았다.
그것은 진심이었다. 한때 현실 세계에서 말단 정찰대원
으로 일하던 시절 그는 시팅 불에게서 무엇인가 위대한
점을 느꼈을지도 모른다. 그러나 그것은 까마득한 옛날
일이다. 키 속에서 이리저리 흔들리는 알곡처럼 객석에
다닥다닥 붙어 앉아 있던 수많은 사람들을 보았던 터라
그가 현장에서 느낀 감정은 묘했을 것이다! 몇 달러를 쥐
여 주었기 때문인지, 아니면 우정의 표시인지 사람들은
그에게 시팅 불이 살았던 오두막을 내주었고 그는 오두

막을 해체하여 기차에 싣고 배까지 운반했다. 그리고 시팅 불이 탔던 마지막 말의 값도 흥정했다. 마지막으로 그는 운디드니를 다시 돌아보며 학살 현장 주변에서 겁에 질려 떠돌고 있던 라코타족의 마지막 생존자들을 불러 모아 고용했다. 아마도 그것은 그들의 생명을 구하는 하나의 방식이었을지 모른다.

배편으로 유럽으로 돌아오는 여행길은 길었을 것이다. 우선 짙은 안개가 끼었고, 아주 푸른 구름, 갈수록 깊어지는 무겁고 짙푸른 구름도 있었을 것이다. 그러다가 햇살이 수평선을 찢고 나왔고 그렇게 하루 낮과 하루 밤이 이어졌다. 어느 날 아침 갑판에 홀로 서 있던 그는 멀리서 모래섬 하나를 보았다. 바람이 채찍이 되어 그의 얼굴을 후려쳤다. 가느다란 안개 줄기 너머로 햇살이 눈부셨다. 그는 어정쩡하게 손으로 햇살을 가리며 눈앞에 펼쳐진 커다랗고 텅 빈 바다와 높고 거친 파도를 뚫어지게 바라보았다. 강풍에 목이 메어도 그는 바라보았다. 바람에 배가 기울어지고 파도가 강철로 된 배 옆구리에 부서졌다. 파도 마루가 반짝거렸다. 돌연, 버펄로 빌은 무엇인가를, 세계의 표면에서 아주 작은 전율 같은 것을 본 듯

했다. 그것은 고래들이었다. 고래들은 몇 시간 동안이나 멀리 떨어져 심드렁하게 배를 따라오고 있었는데 그러고는 더 이상 보이지 않았다. 날씨는 맑았고 배는 침착하게 물 위로 미끄러져 갔다. 우리는 삶의 주인이었다. 버펄로 빌은 앞쪽에 버티고 섰고, 마네의 그림에 있는 서커스 단원의 윗도리와 불룩한 바지 차림 소년처럼 마치 피리를 불려는 듯 그의 뺨이 공기로 부풀어 올랐다.

　하루에도 몇 번씩 그는 선창으로 내려가 늙은 인디언 추장의 말을 직접 돌봐 주었다. 말의 등을 짚솔로 문지르고 마구간을 물로 청소했다. 그리고 갑판으로 올라와 바다를 보았다. 뱃전에 부서졌다가 거품 속으로 주저앉으며 반짝거리는 파도의 모습, 그 평안한 모습 이면에서 그는 어떤 이상한 폭력성을 느꼈다. 그는 빛 파도가 좋았지만 또한 긴 침묵과 죽은 태양도 좋아했다. 작은 하얀 반점 같은 물새들이 돛대에 버티고 있었다. 어느 날 밤, 태풍이 그토록 험하고 바다가 그토록 날뛰자 그는 더럭 겁이 났다. 가끔 그는 자신도 하늘 속에 용해되는 것 같았다.

—

 그가 유럽에 도착하자마자 와일드 웨스트 쇼 공연이
재개되었다. 그는 공연 목록에 두 개를 추가했다. 하나는
원형 경기장 한복판에 인디언 무리를 내세우는 것이었
다. 관객은 서푼을 내고 극장용 망원경을 빌려서 그들을
본다. 무슨 일이 벌어질지 아무도 모른다. 조바심이 난
관객은 웅성거리며 궁금해한다. 인디언 전사들 뒤로 일
종의 움막이 보이고 나이 든 인디언 하나가 문 앞에 서
있다. 머리에 쓴 깃털 모자를 보고 사람들은 그가 추장임
을 안다.

 갑자기 버펄로 빌이 원형 경기장에 들어온다. 그는 말
을 타고 한 바퀴 돌며 인사를 한다. 박수갈채가 울려 퍼
진다. 말똥 냄새와 소독약 냄새 속에서 여자들이 의자에
서 벌떡 일어선다. 진행자는 특별 공연을 예고한다. 〈시
팅 불의 죽음, 그리고 버펄로 빌이 직접 챙겨 온 그의 진
짜 말과 진짜 움막.〉 그렇다! 그 무엇도 연출의 악마를 말
릴 수 없다. 그 무엇으로도 그의 돈 궤짝을 가득 채울 수
없다. 호기심 많은 사람들이 밀려들고 관객은 더 좋은 것

을 보려고 한다. 눈요깃거리에 대한 욕심은 결코 충족되지 않는다. 우리가 미처 보지 못한 무엇인가 크고, 아름답고, 어쩌면 아주 끔찍하고 천박한 것이 있다. 이제 바로 그런 것을 보게 될 것이다! 결코 놓치지 말아야 한다. 이번에 놓치면 두 번 다시 보지 못할 것이다. 사람들은 구원의 창과 성배가 곧 눈앞에서 지나갈 것을 기다리는 원탁의 기사처럼 거기에 버티고 있다. 그리고 마치 원탁의 기사처럼 황홀과 경악에 빠져, 손을 뻗어 붙잡을 생각은 까맣게 잊은 채 성배와 창이 지나가는 것을 바라본다.

불쑥 기병들이 무대 뒤에서 튀어나왔다. 그들은 맹렬한 속도로 경기장을 한 바퀴 돌았다. 그러나 그들은 더 이상 인디언 담당 경찰관이 아니라 미 육군 파견대였다. 허구에서는 대충 엇비슷한 것이 모든 것을 망친다. 긴 채색 띠가 쳐진 데에 이르자 기병들이 총을 몇 차례 쏘았다. 사방에 먼지가 자욱했다. 인디언도 총을 쏘아 댔다. 기병들은 천천히 원형 경기장 구석으로 후퇴했다. 그러나 잠시 후 기병들이 공격을 재개했고 움막에 가까이 이르자 몇 명이 말에서 내려 기막히게 잘 배치된 짚단 뒤에 몸을 숨겼다. 인디언 하나가 쓰러졌고, 또 다른 하나, 그리고 다시 하나가 죽었다. 군인들은 총탄을 헤치고 전진했다. 그 순간, 시팅 불 — 진짜가 아니라 그 역을 맡은 배우 — 이 용감하게 말에 올라탔다. 숨 막히는 더위 속에서 그는 불필요한 곡예를 부리며 원형 경기장을 한 바퀴 돌았다. 갑자기 군인들 쪽으로 돌진한 시팅 불은 코앞에서 총을 쏴서 한 명 얼굴의 한복판을 맞추었다. 그가 고꾸라졌다. 다른 군인이 반격했고, 이번에는 시팅 불이 총에 맞아 말에서 떨어졌다. 그는 마른 갈대로 얽어 세운 담장 뒤로 기어갔다. 인디언은 숨어 있었지만 모든 사람들이 그를 보고 있었다. 군인들이 천천히 다가갔으나 그들은 인디언이 어디에 숨은지 몰랐다! 관중이 소리쳤다. 휘파람을 불었다. 가슴을 조였다. 감자튀김을 담은 종이봉투가 좌석 사이로 굴러다녔다. 운명의 장막이 열렸고 아마도 곧이어 닫힐 참이었다! 젊은 군인 하나가 오른쪽으로 기어 올라갔지만 시팅 불은 그를 보지 못했고…… 사람들은 숨을 멈췄다. 인디언 추장이 고개를 돌리고 막 어떤 동작을 취하려 했지만 군인이 총을 발사했다. 적막이 흘렀다. 두 번째 총알이 인디언의 배에 구멍을 냈고 그는 비틀거렸다. 아! 지금 사람들은, 적어도 아이들은 얼마나 그를 사랑하는가! 심지어 어른들마저도 돌이킬 수 없는 죄의식이 마음 한구석에 은밀히 남아 있었는데 그것이 결국 홀가분하게 해소된 것이다. 인디언은 죽었다. 기병들은 안장에 올라 원형 극장을 떠났다. 관객은 박수를 치며 앙코르를 외쳤다. 왜냐하면 그 순간에 그들은 무엇보다도 그 장면, 그렇다, 그 비극적 장면, 오로지 인디언 추장의 그 죽음을 다시 한번 보고 싶었기 때문이다. 감동은 주문하면 우리에게 오도록 되어 있는 것, 그것이 감동이다. 같은 장면을 한 번 보고 다시 보는 것, 노래의 동일한 후렴구를 되풀이하는 것, 그런 것이 마치 말로 표현할 수 없는 숭고한 진실이 변함없이 반복된다는 듯 우리의 눈물을 자아내게 마련이다. 자, 이제 배우는 다시 일어나고 죽은 자들은 부활하며 기병들은 무대로 돌아온다. 그리고 마지막 장면을 다시 연기한다. 극장을 한 바퀴 돈 다음에 다시 인디언은 말에서 떨어지고, 다시 나무 담장 뒤에 숨고, 다시 관객은 소리를 지르지만 처음보다 더욱 세게, 조금 더 큰 감동으로 외칠 것이다. 아이 하나가 울음을 터뜨렸다. 방금 전보다 더욱 강하고 너무도 더욱 사실적이었기 때문이다. 결말을 안다고 해도 사정이 달라지지 않는다. 오히려 놀라움과 감동은 반복되면서 증대된다는 듯, 반복이 혼란을 부추긴다. 그러나 인디언 추장이 두 번째로 죽자마자, 그가 다시 한번 흙먼지 속에 코를 박고 쓰러지자마자 사람들은 그가 죽는 모습을 〈다시 보는〉 데에 큰 전율을 느끼며 가슴에 여운을 품은 채 마침내 자리를 떴다. 그리고 서둘러 간이음식점으로 가서 군것질거리나 마실 것을 샀다.

—

사람들은 막간에도 방금 본 공연에 대해 담소하며 다음에 벌어질 공연을 조바심 내며 기다렸다. 제각기 자기가 본 것, 자기가 믿고 있는 진실의 한 조각을 다른 사람에게 털어놓곤 했다. 그리고 거의 똑같은 표현을 써가며 그 모험의 부스러기들을 되뇌곤 했다. 그러다 보면 종소리가 들렸다. 그들을 부르는 신호였다. 공연은 재개되었다. 버펄로 빌은 아직 자기 천막 속에서 잠깐 휴식을 취하고 있었다. 세상에, 공연이 어찌나 긴지! 그런데 일단 무대에 서면 시간 가는 줄 모른다. 타인의 시선이 시계를 멈추게 한다. 모든 것이 멈춰 버린다. 그것은 영원과도 같다. 버펄로 빌은 어쩌다 보니 브로드웨이 무대에 불확실한 첫걸음을 내디뎠을 때부터 이런 것을 좋아했다. 그때는 얼마나 긴장을 했던지! 잔뜩 과장된 몸짓에 주춤거리는 발걸음으로 무대에 나선 그는 우물거리며 첫 번째 대사를 내뱉었었다. 하지만 더 이상 그런 처지는 아니다. 이제 그는 무엇을 해야 할지 정확하게 알고 있다. 원형 극장에 말을 타고 입장하면 모든 사람이 그를 바라본다. 모든 사람이라니! 그것은 대단한 일이다. 그는 여러 배우 중 그저 그런 한 명이 아니라 지상에서 가장 유명한 인물이다. 아! 이토록 사랑받는 건 꽤나 묘한 일일 것이다. 그 이전 사람들 중 이런 경험을 한 이는 거의 없었다. 그가 한 일이라곤 거의 아무것도 없었다. 모든 시선이 그에게, 버펄로 빌에게 쏟아졌다. 그러나 그가 단지 한 인물, 그 영혼의 외면적 그림자를 연기한 것만은 아니다. 아니다. 그는 호외, 전단지, 그리고 그의 전설 한 줄 한 줄이 꾸며지고 가공되고 그에 대한 찬사가 빈틈없이 능란하게 꾸며진 잡지를 세계에 뿌리면서 땅속에 묻혀 있던 불길을 끄집어냈다. 이 모든 것은 가장 미국적 전범(典範)이자

〈문명〉의 역사에 가공할 만한 기여를 한 전범적 작품을 위한 것이었다.

이제 가족 단위로 방문한 관객들이 좌석 사이를 누비고 들어가 자기 자리에 착석했다. 젊은 남자들은 그들 곁을 지나가는 레이스 달린 블라우스 차림의 여자들을 훔쳐보며 좌석 위를 타고 올라가는 것을 도와주었다. 모든 사람들이 땡볕 속에서 자리를 잡았다. 드디어 쾌락의 문이 열렸다. 그런데 〈쾌락〉이란 무엇인가? 알 길이 없다. 그리고 알 바도 아니다. 아찔한 것이 좋고, 공포를 느끼는 것이 좋고, 주인공처럼 느끼는 것이 좋고, 악을 쓰고 비명을 지르고, 웃고 우는 것이 좋다. 별일 아닐 수도 있지만 그렇게 하는 것이 우리를 즐겁게 하고 도취에 빠뜨린다면, 그것이 어두운 세계의 심장을 슬쩍이나마 느낄 수 있게 해준다면, 그게 대단하건 아니건 간에 그런 것은 결국 중요하지 않다. 스펙터클의 힘과 권위는 비존재로부터 비롯된 것이다. 스펙터클은 아무런 증거도 남기지 않고, 눈에 보이는 상처도 없이 우리를 치유 불가능한 상태에 빠뜨린다. 하지만 이 소란스러운 공허 한가운데에,

우리가 커다란 동정심, 혹은 경멸에 빠지는 와중에 무엇인가가 존재한다. 마치 이 순간적인 거대한 오락, 이 강요된 자아 망각, 〈보다 잘 보려고〉 고개를 돌리는 이 방식은 존재의 가장 비극적 순간 중 하나이다. 아무런 기호도 없고, 현시도 없다. 다만 마음을 졸이고, 그저 바로 옆객석에 앉았다는 이유만으로, 비명과 웃음과 단순한 감정의 공동체 속에서 서로 유사한 고뇌를 느낄 수만 있다면, 다른 어떤 사람이라도 그의 손을 꽉 잡는 순간이다.

이제 프랭크 리치먼드가 예외적인 것, 머나먼 서부 이야기의 한 장(章), 세계의 기념비적인 어떤 것을 예고한다! 쉿. 「신사 숙녀 여러분, 이제 여러분의 눈앞에서 세계 최초로 그 유명한 운디드니 전투, 그리고 그 전투의 참전자들을 소개합니다!」 이제 우리는 버펄로 빌의 여행, 낚시를 서둘러 떠났던 일, 비극의 현장을 방문한 것과 그가 생존자들을 고용했던 것, 이 모든 것의 이유를 이해할 수 있다. 그것은 멋진 〈캐스팅〉이었다.

자, 그리고 거대한 전투가 시작되고 꿈이 재개된다. 수백 명이 먼지구름을 일으키며 말을 타고 내달린다. 원형극장의 바닥에 물을 잘 뿌렸지만 햇살이 내리꽂히니 속수무책이었다. 놀란 눈이 커지고, 말을 탄 사람들은 수를 셀 수 없고, 사람들은 도대체 이 원형 극장에 얼마나 많은 인원이 들어갈 수 있는지 궁금해한다. 길이가 1백 미터이고 폭이 50미터인데! 관객은 박수를 치며 환호한다. 군중은 두개골에서 눈이 빠져나올 정도로 가짜 미국 군대가 지나가는 모습을 바라본다. 아이들은 더 잘 보려고 목을 길게 뺀다. 심장이 뛴다. 드디어 진실을 알게 될 참이었다.

그러나 자세히 들여다보면 그것은 조르주 멜리에스[6]의 영화보다 더 사실적인 것도 아니었으니, 똑같은 속임수, 똑같은 극지 정복, 똑같은 눈[雪]의 기사들이었다. 버펄로 빌, 그는 춤추는 해골, 소독약으로 박제된 기사이다! 그러나 여기에서 그건 대수롭지 않고 예술은 장삿속이다. 순진무구한 것은 흉하고, 중요치 않은 것이 가장 중요하다.

이 순간, 인디언들은 그들의 마지막 역할을 수행한다. 그들은 파리 떼 속에 파묻혀 허무맹랑한 옷차림으로 변

6 프랑스의 마술사 겸 영화 제작자. 여러 가지 특수 효과를 고안해 초창기 영화 발전에 공헌하였다.

장한 꼴이다. 그리고 평소와 다름없이 그들이 무대에 입장하자 웅성거리는 소리가 터져 나왔다. 호기심과 적대감이 뒤섞인 소리. 하지만 스펙터클이 벌어지게 하려면 인디언이 필요했다. 관객은 인디언을 미워하려고 거기 있는 것이며 그들을 바라보고 증오하기 위해 찾아온 것이다. 공연 서두에서 버펄로 빌이 인디언의 용맹성을 찬양하고 그들의 풍습에 대해 호의적이지만 보잘것없는 설명을 곁들여 늘어놓은 허풍 어린 입담에도 불구하고 청중은 그런 것에는 무관심했다. 오늘날 센트럴 파크의 가장 명당자리에서 4톤 내지 5톤의 청동 말을 타고 있는 동상으로 남은 셔먼 장군이 수Sioux족은 남녀노소 할 것 없이 멸족해야만 한다고 선언한 것이 그리 오래전 일이 아니다. 그는 모든 인디언, 한 명도 빼놓지 않고 모든 인디언 — 이것은 그의 입에서 나온 표현 그대로이다 — 이 죽거나 수용소로 이송될 때까지 서부에 남아 있겠다는 맹세를 하지 않았던가? 신속한 철도 확장을 보장하기 위해 인디언의 주된 수입원인 들소를 말살하기로 결정 내린 사람도 바로 그가 아니었던가? 그리고 철도 회사에 고용된 한 남자가 유명해지고 버펄로 빌이란 이름을 얻게 된 것도 바로 들소 사냥꾼이었기 때문이지 않았던가?

철도 황제 코닐리어스 밴더빌트의 사진을 보기만 해도 이 모든 것을 알 수 있다. 그의 입, 입술의 가혹한 주름살, 냉소적 과감성을 잘 들여다보면 충분히 알 수 있다. 그의 눈을 들여다보기만 해도 그 안에서 비쩍 말라 버린 나무를 엿볼 수 있다. 그리고 매튜 브래디가 우리에게 남긴 셔먼 장군의 그 끔찍한 초상 ─ 군복 차림에 팔짱을 낀 모습, 그 냉혹한 시선과 일종의 나병으로 뭉개진 그의 얼굴 ─ 을 보면 이 이야기의 또 다른 측면이 무엇인지를 눈치채기에 충분하다. 그것은 증오심이었다.

우리는 대중이다. 와일드 웨스트 쇼를 구경하는 사람은 바로 우리이다. 심지어 우리는 예전부터 항상 그것을 보아 왔다. 우리의 지성을 경계하고, 우리의 세련된 감각을 경계하고, 우리의 감미로운 삶과 감동적 스펙터클을 경계하자. 거장은 거기에 있다. 우리 안에 있다. 우리 가까이에. 가시적이고 비가시적인 것. 스펙터클의 진짜이자 가짜인 생각들과 더불어 그 안이한 수사학.

그리고 스펙터클은 다시 시작된다. 말을 탄 사람들이

사납게 경기장을 질주한다. 먼지 때문에 눈이 벌겋게 충혈된다. 군인 하나가 바닥에 떨어져 죽었다가 다시 일어나 윗도리에서 툭툭 먼지를 털어 낸다. 공연은 계속된다. 기병들이 인디언들을 포위한다. 관중석은 미어터질 듯 만원인데 2만 명, 아마도 그 이상일 듯싶다. 군인 하나가 그의 곡마단용 말에서 묘기를 부리듯 몸을 수그린다. 탕! 인디언들이 사격을 개시했다. 총성에 귀가 먹먹해지고 화약 냄새로 숨쉬기도 어렵다. 치열한 육박전이 벌어지고 칼로 목을 따고 사람들은 말발굽 아래에서 뒹군다. 레인저[7] 하나가 비 오듯 쏟아지는 총탄을 헤치고 전진한다. 관중은 넋을 잃고 바라본다.

말을 탄 인디언 몇몇이 버펄로 빌이 가르쳐 준 대로 소리를 지르며 레인저들을 둘러싸고 맴돈다. 입에 손바닥을 부딪치며 우, 우, 우, 하는 소리를 낸다. 그것은 비명 소리를 야만적이며 비인간적으로 만든다. 그러나 그들은 이런 전쟁의 비명, 이런 소리는 그레이트플레인스,[8] 캐나다, 아니 그 어떤 곳에서도 내본 적이 없다. 그것은 버펄

7 국경이나 산악, 삼림 지대 등 넓은 범위를 도는 순찰대원.
8 북아메리카의 중앙, 로키산맥의 동쪽에 위치한 길이 약 3천2백 킬로미터의 대평원.

로 빌의 순수한 발명품이다. 그리고 인디언들은 아직 모르고 있었다. 이 연극적 비명, 광대의 기막힌 발명품을 그들 자신의 불행을 연기해야만 하는 모든 무대에서 끊임없이 외쳐야만 한다는 것을. 그렇다. 그들은 버펄로 빌이 발명한 이 〈수작〉의 운명을 아직 몰랐고 훗날 서양의 모든 아이들이 모닥불을 둘러싸고 맴돌며 〈인디언의 외침〉 소리를 내며 입에 손바닥을 두드리리란 것은 꿈에도 상상하지 못했다. 이 괴기스러운 것의 미래, 스펙터클을 통해 감각의 소진이 일으키는 가공할 만한 위력을 그들은 상상할 수 없었다. 그러나 그것의 잔혹성만큼은 충분히 속으로 느꼈을 것이다.

경기장 바깥에서 존 버크는 커다란 콧수염이 침 거품으로 범벅이 된 채 악을 쓴다. 그는 마치 오늘날 운동선수에게 자기 능력 이상의 힘을 내라고 소리치고, 그들이 도달할 수 없을 법한 기록을 내라고 강요하며 안절부절못하는 뚱뚱한 코치처럼 목청을 높이고 우왕좌왕하고 있다. 그의 멋진 정장은 온통 먼지로 얼룩졌다. 그의 머리카락은 떡이 되었다. 소맷자락은 끈적거렸다. 그는 인디언들에게 후퇴하라고 짖어 댔다. 원형 극장 한구석을 향해 사납게 손가락질했다. 그의 지시에 따라 인디언들은 뒷걸음질 쳤고 심지어 어떤 이는 아예 몸을 날려 절망적으로 도망쳤다. 그러나 아직도 버티는 소수의 인디언이 있었다. 전사들은 용감하게 공격을 받아들였다. 태양이 비명을 지른다. 깜깜해진다. 눈앞이 뿌예지자 의자의 팔걸이를 움켜쥔다. 존 버크는 담배를 던져 버렸다. 야! 빨강 머리, 조심해! 인디언 하나가 말에서 뛰어내려 군인에게 사격을 가했다. 젊은 빨강 머리 군인, 순진무구한 군인은 묘기를 부리며 바닥에 뒹굴었고 전신이 부서진 것처럼 보였다. 누군가 비명을 질렀다. 땅바닥이 빨갛다. 그것은 재앙이었다. 군인들이 도망쳐서 원형 극장 한구석에 몸을 웅크렸다. 화약 냄새에 숨이 막힐 지경이었다. 시야가 뿌예졌다. 그런데 갑자기 버펄로 빌이 무대 뒤편에서 튀어나왔다. 백발이 성성했지만 야성적 에너지가 넘쳐흘렀다. 정장 차림이었으나 옷에 파묻히지 않고 오히려 일종의 전율과 더불어 몸매가 두드러져 보였다. 그의 몸은 이 원형 극장에서는 이물스럽지만 그레이트플레인스에서 신출귀몰하고 찬란했다.

흙먼지의 소용돌이 속에서 그는 기병대를 몰살하려 드는 인디언을 향해 1백 미터를 가로질렀고 화려하게 고삐를 돌려 단숨에 열댓 명의 야만인을 사살했다. 바닥은 시체들로 뒤덮였다. 영웅의 모습에 용기를 얻은 기병대가 전열을 추스르니 전황은 돌연 역전되었다. 레인저들은 전투 대형을 갖추고 공격을 가했다. 인디언들은 후퇴했지만 한줌도 되지 않는 그들은 미리 연습한 안무에 따라 차례로 죽어 갔다. 눈앞에 보이는 모습은 실제 사건과는 완전히 동떨어진 것이고 학살은 위대한 승전으로 마무리되기 위해 스릴 넘치는 일련의 액션으로 변모했다.

운디드니 〈전투〉가 마침내 끝나고 대다수의 인디언은 죽었다. 승리는 압도적이다. 버펄로 빌은 부상자 하나하나를 굽어 살펴보았다. 그 장면은 거의 감동적이기까지 했다. 마침내 그는 거만한 몸짓으로 인디언 전사에게 경의를 표한 후 다음 쇼를 예고했다.

—

스펙터클이 끝났다. 사람들은 인디언 수공예품 가게

와 핫도그 가판대 사이를 어슬렁거리며 돌아다녔다. 힐끗거리며 구경하거나 목걸이를 걸어 보기도 했다. 사람들은 인디언 도끼를 사려고 했고, 심지어 깃털 장식도 인기 상품이었다! 오늘날 〈머천다이징〉이라 부르는 것이었다. 인디언들은 그들의 대학살에서 파생된 제품을 팔았다. 그들은 얼빠진 사람들과 흥정을 벌였고 가죽 지갑에 잔돈을 챙겨 넣었다.

〈리얼리티 쇼〉는 흔히 주장하듯 잔인하고 소비적인 대중오락의 최종 진화형이 아니다. 그것은 오히려 대중오락의 기원이다. 그것은 한 명도 남기지 않고 모든 참가자들을 돌이킬 수 없는 기억 상실증에 빠트린다. 운디드니의 생존자들은 영원토록, 밤낮 구별 없이 마일스 장군의 레인저 부대로부터 공포탄을 맞아야만 할 것이다. 대형 조명 기기의 힘을 입어 와일드 웨스트 쇼는 인류 역사상 처음으로 조명을 이용한 스펙터클, 최초의 야간 공연이 될 것이기 때문이다.

이제 스트라스부르, 혹은 일리노이에서 학살의 생존자들은 운디드니 전투의 〈소프트〉 버전을 되풀이해서 연기할 것이다. 인디언과 제7기병 연대가 영웅적으로 대결

했고 미국 군대가 승리하는 버전이다. 그리고 그들은 1년이 넘도록 거의 유럽 전역에서 버펄로 빌이 해석한 역사를 되풀이해서 재연할 것이다. 이렇듯 재해석한 버전에서 목축업자들의 꿍꿍이와 라일리 밀러의 기습 공격은 보지 못할 것이다. 그 기습에서 밀러는 최대한 많은 인디언을 죽이고 단돈 몇 푼에 그들의 장옷과 머리 가죽을, 시카고 만국 박람회에 조그만 유물 전시대를 차린 찰스 브리스틀에게 팔아넘겼다. 이것이 바로 가장 순수한 미국 정신에 입각하여 버펄로 빌과 존 버크가 대학살을 재해석하고 수정한 버전이다. 이것이 우리들의 교과서 버전이다. 아이들을 위한 버전. 이 짧은 연극 공연에는 인디언 보호 구역을 도망치며 탈진한 수Sioux족의 기나긴 행진, 죽어 가는 무리를 꼬드겨서 고분고분하게 운디드니에 몰고 간 레인저들의 작전은 없었다. 호치키스 대포와 그 기적적 기술도 없었다. 거센 눈보라, 공동 시체 구덩이도 없고 여자와 어린 아기에 대한 이야기도 없었다.

코디의 도시

세계의 종말이 다가온다. 이번에는 틀림없다. 예언자나 수녀들의 쓸모없는 상상이 아니라 보편적 인상, 사업의 필연성, 즉 욕망의 결과이다. 무엇인가 벌어지고 있는데 전에는 결코 보지 못한 것이다. 세계의 모든 얼간이들이 갑자기 여기 미국에서 모이기로 약속한 것처럼 보인다. 1870년에 4천만 명, 1880년에는 벌써 5천만 명이었다. 그리고 1900년에 7천6백만 명이었다. 이토록 짧은 시간에 이렇게 많은 주민이 찾아오고 태어난 것이다. 30년 만에 인구가 두 배로 늘었고 영토가 부풀었고 엄청난 인원이 도착하여 넘치다가 그들이 저지르는 오류가 감당할 수 없게 늘어났다. 미네소타, 미주리, 아칸소에서 사람들은 광기에 사로잡혔다. 편안한 일요일, 그런 것은 이제 끝! 자, 이제 오클라호마로 가자! 캔자스로! 그런데 캔자스도 이미 만원이었고, 캘리포니아에서 금을 발견했다는 소문이 돌자 이제 태평양 쪽으로 몰렸다. 마차, 거지, 창녀, 온갖 종류의 인간 쓰레기, 그리고 그뿐 아니라 돌아온 탕아, 멤피스의 모범 시민도 〈한번 보려고〉 몰려든다. 그리고 그들이 도착했을 때 무엇을 보았는가? 영원한 파도, 빅서,[9] 가공할 만한 절벽.

이들에게 쉬운 일이란 없었으나 못할 일도 없었다. 이들 부류가 끝나지 않는 여행길을 막 시작한 것이다. 몇 달 동안 걷고 달렸는데 밴더빌트, 굴드, 그리고 두세 명의 사기꾼들 사이에 벌어진 미증유의 경쟁을 통해 이제 철로가 길게 깔리게 되었다. 이 대륙을 철로가 가로질러야만 했다. 미국 군대가 〈진보〉의 확장을 위해 진력하는 와중에 여러 세력들이 고개를 들었다. 광기 어린 투기 세력. 추악한 파산. 전설적 담합. 그러던 동안 덜루스에서 터코마, 휴스턴에서 로스앤젤레스, 시카고에서 샌프란시스코로 철로가 이어졌다. 유니언 퍼시픽 철도 회사가 로키산맥을 뚫고 지나갔다! 이제 발에 흙을 묻히지 않고 어디라도 갈 수 있다. 오! 열차 강도의 공격과 불편한 점

9 캘리포니아 해안에 있는 산악 지대.

도 많을 테지만 뉴욕의 〈제독〉[10] 동상에서 샌프란시스코까지 신문을 읽으며 여행할 수 있게 되었다.

1896년 버펄로 빌은 잘난 척하는 모든 미국인이 그러했듯이 날로 불어나는 재산을 미래의 계획에 투자한답시고 도시 하나를 건설했다. 그리고 묘하게도 그 도시에 자신의 본명인 〈코디〉라는 이름을 붙였다. 사진에서 확인할 수 있는 것처럼 난데없이 튀어 나온 도시이다. 어느 정도가 되어야 우리는 그것을 도시라고 부를 수 있을까? 당시 미국에서 도시는 촛불처럼 쉽게 켜졌다가 금세 꺼져 버리는 존재였다. 1900년 코디의 도시는 아직 허술한 집들이 흩어져 있는 정도였다. 1903년경 버펄로 빌 코디 — 이제 그를 뭐라고 불러야 할지 모르겠다 — 는 딸의 이름을 딴 어마 호텔을 세웠다. 벚나무로 된 바 카운터는 빅토리아 여왕이 그에게 제공한 것이었다. 벽에 걸린 총들은 그의 영광스러운 무공을 떠오르게 했다. 존 버크가 열정적이며 감각적인 관심을 갖고 아주 세세한 부분까지 관리했다. 장사는 미친 짓이다. 입을 크게 벌린 구렁텅이이다. 거기 빠지면 다른 것은 아무것도 보이지 않는다.

10 해운업과 철도업의 거두였던 사업가 코닐리어스 밴더빌트의 별명.

101

장사 외의 삶은 거의 존재하지 않는다. 난데없이 솟구치는 강풍에는 어디에도 피난처가 없다. 온 세상이 증권과 금전 등록기에서 끝난다.

코디라는 도시는 무대 장치이다. 그것은 거짓말을 하며 진실을 말한다. 멀리에서 보면 알맹이가 없고 흐리멍덩하다. 고뇌와 비현실성이 후광처럼 도시를 감싸고 있다. 왜냐하면 그 도시는 죽었기 때문이다. 완전한 사망. 코디의 기온은 연중 170일이 넘도록 영하권에 머문다. 그곳에서 서구의 온갖 상투적 건축 양식을 만날 수 있다. 거친 통나무 난간, 흉한 벽돌로 만든 벽, 슬롯머신, 로데오 걸. 코디에는 아무것도 없다. 거대한 슬픔뿐.

운디드니에서의 일은 버펄로 빌이 도시를 건설한 지 4년도 지난 때였다. 그는 그 도시에 무척 집착했는데, 사실 그의 도시 건설은 이것이 두 번째였다. 매번 실패만 할 수도 없는 노릇이다. 사람들이 살 수 있는 도시를 만들어야 한다. 그것이 필수 조건이다. 공연이 관객을 불러 모으듯 도시도 주민이 필요했다. 그러나 코디는 발전하지 못했다. 버펄로 빌이 무대에서 보여 주었던 직감과 행운이 다른 데에서는 발휘되지 못했다. 진정으로 그는 도

시, 아름다운 도시, 그의 이름을 딴 도시, 오로지 그만의
도시, 그러나 사람이 살고 심지어 화려하고 생동감도 돌
고 북적거리고 관광객과 가게가 가득한 곳에서 광대로서
의 본능을 발휘하고 싶었을 것이다. 그런데 그것이 뜻대
로 되지 않았다. 도시는 돌로 만든 무대 장치 속에서 정
체되었다. 그런데 버펄로 빌의 오랜 친구 시어도어 루스
벨트가 그의 청탁을 받고 당시 최대 규모인 쇼숀 댐[11] 건
설을 시작했고 그 덕분에 코디시(市)가 부흥했다는 말도
돌았다. 아마도 소문에 불과할 것이다.

버펄로 빌은 끊임없이 여행을 다녔고 코디라는 도시는
그의 오래된 꿈, 떠돌이 집시의 꿈, 어디엔가 삶의 닻을
내리고 싶은 욕망, 그의 삶에 어떤 현실적 형태를 부여하
고 싶은 꿈이었다. 아마도 예전에 알렉산드로스가 그랬
듯이 늙은 말은 젊은 애인, 다른 어떤 사랑보다도 순수하
고 달콤하고 세상과 그를 화해시킬 줄 있는 그의 마지
막 사랑과 더불어 마지막 질주를 마무리할 도시 하나를

11　미국 와이오밍에 있는 댐으로 1946년 버펄로 빌의 이름을 따 〈버펄
로 빌 댐〉으로 개명되었다.

건설하길 꿈꾸었다. 그렇다. 그는 수많은 하루살이 사랑을 맺었었다. 그는 모든 것을 다 가졌지만 여전히 자신에게는 다른 무엇인가가 더욱 걸맞다는 상상을 버리지 못하는 은밀한 고통, 정복자의 집요한 슬픔에 젖어 있었다. 그것이 무엇인지는 몰랐다. 어떤 도시? 혹은 어쩌면 젊은 여인?

베네치아의 부인은 그의 가장 순수한 신기루였다. 곧 마흔 살을 앞둔 그는 신인 여배우와 사랑에 빠졌다. 사랑 이야기는 평범하고 그래서 한결 심오하다. 버펄로 빌과 관련된 모든 것은 속수무책으로 싸구려 신파극이 되고 만다. 두 사람은 와일드 웨스트 쇼의 첫 번째 유럽 순회 중 런던에서 만났다. 공연은 진정한 성공이었다. 거대한 모조품은 가장 까다로운 관객마저 사로잡았다. 그녀는 관객 속에 끼어 있었는데 어떻게 그의 눈에 띄었는지 알 수 없다. 캐서린이라 불리는 그녀는 당시 열일곱 살이었다. 만난 지 며칠 만에 늙은 여우는 진정성과 과장, 잘 어울리는 이 두 가지 양념을 섞은 말투로 그녀가 〈세상에서 가장 아름다운 여자〉라고 선언했다. 이런 상황에서 상상력은 아무 쓸모 없고 가장 진부한 말이 가장 들어맞는다.

그러나 버펄로 빌은 작업을 마무리할 시간이 없었고 그는 미국으로 돌아가야만 했다. 두 사람은 편지를 주고받았다. 그녀는 일찌감치 연극에 대한 열정을 고백하고 그와 합류했다. 부쩍 자신이 늙었다고 느꼈던 그는 그녀 곁에서 약간의 열정을 되찾을 수 있을 거라고 믿었다. 그래서 그는 『베네치아의 부인』이라는 싸구려 희곡의 판권을 구입하고 뉴욕 최고의 제작자에게 그녀를 소개시켰다.

연극의 초연은 파탄이었다. 가장 호의적인 기자들은 그녀의 얼굴이 예쁘고 표정도 살아 있지만 재능은 하나도 없다는 기사를 썼다. 관객도 따라 주지 않았다. 버펄로 빌은 제작자에게 자금 지원을 해야만 했다. 그는 연극을 어떻게든 구해 보려고 수천 달러를 쏟아 부었다. 그러나 여전히 연극은 밑 빠진 독이었다. 그에게 이런 저항은 끔찍했다. 오래전부터 성공을 통해 그가 배운 것이 있다면, 그것은 관객은 착하며 순종적인 집단이란 것이다. 그런데 갑자기 관객이 그를 따르지 않았고 그는 성공 가도를 이어 가지 못했다. 그가 창조한 유일한 스타는 자기 자신뿐이었고 그의 유일한 성공은 그의 쇼였다. 그가 쥐고 있다고 믿었던 성공의 비법, 그는 그것을 다른 상황에

적용할 줄 몰랐다. 그는 단지 기술만 갖고 있었고 나머지는 우연의 소치였다.

하지만 그는 할 수 있는 것을 다했다. 누구의 말도 듣지 않았다. 신문도 믿지 않고 친구의 말도 듣지 않고 조심하라고 충고하는 존 버크의 말도 듣지 않았다. 버펄로 빌은 캐서린을 사랑했다. 그녀의 섬세한 피부, 목소리, 엉덩이, 그리고 그녀의 젊음을 사랑했다. 거의 두 달 동안 이 도시 저 도시를 떠돌며 연극을 공연했지만 어떤 성공도 거두지 못했다. 순회공연을 중단해야만 했다. 버펄로 빌은 고집을 꺾지 않았고 밑 빠진 독에 물 붓듯 거액 8만 달러를 투자하며 또 다른 공연을 기획했다. 요란한 실패의 연속이었다. 기자들은 버펄로 빌의 엄청난 성공에 대한 복수라도 하겠다는 듯, 그들의 호평을 급반전시킴으로써 자신들은 항상 객관적이었으며, 지금까지의 호감이 버펄로 빌의 환심을 사려는 게 아니었다는 것을 증명하려는 것처럼 고삐 풀린 악평을 늘어놓았다. 따지고 보면 잔인한 비평가들은 그들 사이에 암묵적 관계가 있었음을 드러낸 꼴이었다. 그러나 늙은 광대는 여전히 불운과 맞서 싸우고자 했다. 그는 배우 대기실에 붙어 있는 캐서린의 전신사진을 쓸쓸하게 바라보았다. 아! 저토록 우아하고 가느다란 발목, 고개 숙인 얼굴, 손가락 사이에 펜을 든 방식, 그는 모든 것을 볼 수 있는 유일한 사람이었다!

아니었다. 뉴욕 백만장자의 아들도 그녀에게 관심을 보였다. 그래서 그녀와 결혼했다. 3류 기자들은 한 쌍의 젊은이가 미치도록 행복하다는 기사를 실컷 반복했다. 이제 버펄로 빌에게 청춘의 샘물은 쓰디썼다. 그러나 그 무엇도 늙은 사자를 주눅 들게 하지 않는다. 그리고 궁핍에서 벗어난 젊은 캐서린은 아마도 그의 카리스마에 매료되었든지 아니면 그의 연극에 감동했든지, 결국 자신의 멘토를 다시 만나고 말았다. 그들은 품위 따위는 접어두고 음산한 호텔방에서 재회했다. 그것은 새로운 밀월이었다. 말다툼과 화해를 거듭하며 그들은 다시 만나고 눈물을 흘렸으며 버펄로 빌은 젊은 제자에게 애무와 선물을 퍼부었다. 그는 그녀를 숭배했다. 그녀는 공주, 일요일의 공주였다. 그러더니 그는 다시 심드렁해졌다. 아마도 범속한 운명에 절망했는지 캐서린은 아침부터 칵테일을 한두 잔 홀짝거렸고 이어서 브랜디와 샴페인을 마셨다. 한마디로 말해 보람 없고 추악한 존재를 잊게 해주는 것이라면 모두 마셨다. 그녀의 남편은 이혼을 신청했다.

험담꾼들은 버펄로 빌에게 평생 이 요란한 애인밖에 없었다고 떠들어 대지만 그 말을 믿어야 할까? 그는 단지 이따금 찾는 막연한 일탈, 약간의 충동으로 그치지 않았다. 그는 열댓 번의 사랑을 겪었다. 그의 떠돌이 삶이 이끄는 대로 한심한 여자들과 함께 술집에서 밤을 꼬박 보낸 적도 여러 번이었다. 심지어 며칠, 혹은 몇 주 동안 밤의 정복물 중 하나에 휩쓸려 가기도 했다. 존 버크는 예상되는 결과, 악소문을 돈으로 계산해 보았고 우중충한 오후에 일어나서 점잖은 위선자들의 신랄한 비평을 꼼꼼히 읽어 보기도 했다. 그는 두툼한 콧수염에 머릿기름을 바르며 벌충해야 할 금액, 금고에 생긴 구멍을 반복해서 계산해 보았다. 또 기름진 손으로 주문 장부와 와일드 웨스트 쇼의 일정표를 뒤적이며 눈살을 찌푸렸다. 그러나 아무리 버펄로 빌을 비난하고 경고하고 화까지 내봐도 소용없었으니, 늙은 여우는 아마도 다른 유명 연예인들처럼 자신이 어떤 짓을 해도 일종의 용서와 면책의 특권을 누린다고 믿었는지 모른다. 그는 남성 호르몬이 시키는 대로 움직였고 너무도 연약한 그의 심장 쪽으로 호르몬이 흘러간 탓에 자제할 수가 없었다. 그는 감상적이고 음란했다. 그런데 오랜 세월 떠돌이 삶을 이어 가며 창녀들의 골수 단골이었다가 아마도 신물이 났고 또한 확실하게 지칠 때도 되었던 어느 날 문득 예순네 살의 늙은 광대는 딸의 채근에 밀려 아내 루이자에게 과거를 모두 잊어 달라고 간청하는 편지를 썼다.

이 세상에 잊는다는 건 없다. 용서에는 뒤끝도 따르게 마련이다. 하지만 루이자와 버펄로 빌은 재회했다. 그들은 함께 몇 차례 여행도 떠났다. 화해가 성사되었다. 말년에 이른 루이자는 표정이 우울하고 독했다. 그녀는 거리를 두었고 영광의 차가운 날개가 한줄기 나쁜 바람처럼 멀리서 그녀의 얼굴을 때리는 느낌이 들었다. 한때 그들은 서로 사랑했을지도 모르지만 이제는 너무도 옛일이 되었다. 그녀는 윌리엄 코디를 알았고 버펄로 빌을 알았는데 이제 이 이중인격이 서서히 또 다른 것으로 변신하는 것이 느껴졌다. 윌리엄 코디건 버펄로 빌이건, 혹은 둘 다이건 간에 그건 중요치 않고, 그가 머지않아 되돌아와 마침내 만족하고 그녀에게 감사하며 곁에 머물길 바랐다. 물론 감정만 중요한 건 아니라서 그녀는 자기의 돈주머니도 꽁꽁 챙겼다. 그녀는 딸에게 돌아갈 유산도 관리했는데 이런 것이 사랑의 계산, 그녀 존재의 회계 장부에 포함되어 있었다. 그러나 결정적으로 다른 문제가 있었다. 도무지 끝날 줄 모르는 하나, 애증이 섞인 어떤 것. 어쨌거나 그들은 함께 긴 길을 동행했고 머지않아 결혼 40주년을 맞이할 것이다. 그는 떠돌이 삶에 지친 것 같았고 그녀는 여전히 남편에게 집착하고 있었다. 이 말년의 해후에서 늙은 쾌락주의자의 타협적 태도만 보는 것은 아마도 공평하지 않을 것이다. 오래 살다 보면 우리가 이해하지 못하는 신비로운 일도 있는 법이다. 긴 인생에는 나름의 간계와 굴절이 있는 법이다. 누구도 함부로 단정할 수 없다. 두 사람이 함께하는 삶은 아마도 행복과 오해의 길고 긴 연속이다. 10년, 20년 동안 쾌청할 수만은 없다. 겨울도 있다! 익은 과일은 떨어지고 풀은 마르고 마침내 약간의 썩은 퇴비만 남는다. 그러나 한 사람이 다른 사람의 삶에 대한 심판을 내리는 게 쉬운 일은 아닐 것이다.

―

얼어붙은 사막에 코디라는 작은 도시가 남았다. 난데 없는 데에 뿌리 내린 이상한 추억처럼, 풀고 나도 무엇을 깨달았는지 알 수 없는 수수께끼처럼.

세워졌을 당시에도 도시는 그다지 번영하지 못했다. 8천 명만이 사는 그곳은 산발치에서 잠깐 숨 돌리는 곳처럼 보인다. 오늘날까지 여전히 버티고 있는 어마 호텔 옆의 작은 박물관에서 총기, 와일드 웨스트 쇼의 포스터, 인디언 물품, 지역의 꽃들, 그리고 우리 영웅의 수많은 사진들과 같은 잡동사니 기념품을 전시한다. 그곳은 서부를 사랑하는 사람들이 만나는 장소다. 코디는 프랑스의 절반 크기인 와이오밍주에서 두 번째로 큰 도시였다고 한다. 많은 관광객은 인도의 라자스탄으로 가고 다른 이들은 두오모를 감상하고 도니제티의 무덤 앞에서 눈물을 흘리려고 베르가모에 가기도 하지만 아이다호 폭포나 코디의 로데오 쇼를 보지 않은 사람은 멍청이다. 들소 머리 아래에서 티본스테이크를 먹고 동네 월마트에서 컨트리송 CD를 사는 것이 얼마나 즐거운가! 아, 코디! 너는 버펄로 빌과도 같구나. 완전히 죽은 도시, 그렇다. 너는 또 다른 종류의 유령에 불과하다!

예전 같지 않은 현실

버펄로 빌은 지칠 줄 모르고 순회공연을 이어 갔다. 그는 무대 위에서 늙어 갔다. 그 무엇도 그를 무대에서 떼어 놓을 수 없었다. 그는 무대에 중독되어 무대에 매달려 물고 늘어졌다. 누구도 그를 치유할 수 없었다. 그러나 여기저기에서 새로운 오락거리, 새로운 공연, 새로운 형태의 쾌락이 태어났다. 와일드 웨스트 쇼는 흘러간 유행이 되는 중이었다.

아직도 그의 공연을 주문하는 허름한 소도시를 찾아 미국 전역을 떠도는 길고 긴 순회공연을 계속하는 동안, 버펄로 빌은 자기 천막에서 자지 않을 때에는 친구들의 집에서 하숙을 했다. 나이가 들어 감에 따라 우정이 소중해진다. 자주 보지 못하지만 만나면 행복하다. 그래서 버펄로 빌은 가끔 그의 오랜 동료인 엘머 던디의 집에서 며칠씩 지내기도 했다. 두 사람이 네브래스카에서 지냈던 삶의 이런저런 일화를 떠올리며 수다를 떨면 작은 엘머 (미국에서 장남은 마치 혈통 그 이상의 증거인 양 종종 아버지의 이름을 물려받았다)는 방울 술이 달린 등잔과 가죽 의자 사이로 끼어들었다. 작은 엘머는 아이들이 회전목마의 석고상 앞에서 그러하듯 감탄하며 넋을 잃고 버펄로 빌의 이야기를 들었다. 버펄로 빌이 단 하루 만에 들소 69마리를 사냥해서 48마리를 잡은 빌 콤스톡을 누른 그날을 기념하기 위해 버펄로 뒤에 빌을 붙였다는 그의 무훈담에, 아이는 몇 시간 내내 귀를 기울였다. 엘머는 버펄로 빌이 겪은 인디언 전쟁, 장난꾸러기로 보낸 어린 시절, 그가 어떻게 열네 살에 모험을 시작했는지, 신발을 신지 않고 노새를 탔을 때 얼마나 발이 아팠는지, 네드 번틀라인이 어떻게 그의 전기 소설을 쓰게 되었는지 등을 수천 번, 수만 번 들었다. 그의 삶은 아버지가 3센트를 주고 사 주었던 작은 책에서 이미 읽은 적이 있었다. 그렇다, 몇 시간 동안 엘머는 늙은 구두쇠 영감이 되씹는 엄청난 객설을 들었다. 레인저들과 전설적인 전투 이야기를 들었다. 그런데 몇 시간 동안이나 두근거리는 가슴으로 거실 바닥에 주저앉아 버펄로 빌의 입에 매달려 있던 엘머가 실제로 듣고 싶었던 이야기는 에펠탑에 대한 묘사나 시팅 불 이야기가 아니었다. 서부에서의 삶, 인디언 〈노란 개〉의 죽음, 리틀 빅혼의 역사도 아니었다. 꼬마 엘머의 관심을 사로잡은 유일한 것, 이 늙은 멍청이의 한담을 들었던 진정한 이유, 그것은 시팅 불과 포니 익스프레스[12]에 대해 횡설수설을 늘어놓은 후 결국에는 와일드 웨스트 쇼에 대한 이야기로 마무리되기 때문이었다.

엘머의 흥미를 끌었던 것은 쇼, 오로지 쇼 이야기뿐이었다. 사막을 건너는 동물 떼, 네브래스카의 술집, 키트 카슨의 진짜 모험담에는 코웃음 치고, 인디언의 풍습과 그들의 승리에 대한 이야기는 귓등으로도 듣지 않았지만 엘머는 배우가 된 이후 시팅 불의 행적에 대해 모든 것을 알고 싶었으며 그것이 진짜 군인들의 무용담보다 훨씬 더 재미있었다. 인디언 추장은 민담에 속했고 그가 리틀 빅혼에서 어떤 역할을 했는지는 대수롭지 않았으며, 〈먼

---

12 미국 미주리주에서 캘리포니아주까지 이어졌던 역마 우편 · 택배 서비스. 전신이 보급되기 전까지 가장 빠른 통신 수단이었다.

지 속에서 뒹구는 수소)를 의미하는 타탕카 이요탕카라
는 이름을 대충 멍청하게 번역해서 시팅 불이 되었다는
것도 흥미롭지 않았고, 그의 전설적 침묵이나 대단한 활
쏘기 실력도 중요하지 않았으며, 그가 열 살 때 처음 들
소를 죽였다거나 열네 살에 처음으로 전투에 참여해서
말 탄 사람을 죽였다거나 하는 사실도 중요하지 않았고,
그가 아버지로부터 이름과 함께 독수리의 흰 깃털을 물
려받았다는 것 — 모든 인디언에게나 그런 것을 실제로
체험한 사람들에게 본질적인 이런 사실들은 전혀 중요하
지 않았다. 또한 시팅 불이 번갯불 형상의 새를 꿈에서
보았는지도 중요치 않고, 수Sioux족의 반란, 샤이엔족과
의 동맹, 커스터의 패배도 중요하지 않았다. 또한 〈미친
말〉과 그 일당, 추방, 감금, 그리고 버펄로 빌의 흐릿해진
눈빛에서 엿보이는 아리송한 수수께끼도 관심 밖이었다.
어린 엘머 던디가 관심을 기울이는 유일한 것은 와일드
웨스트 쇼의 이야기를 다시 한번 듣는 것이었다.

　나중에 어른이 된 그는 아마도 라호르, 델리의 정원,
혹은 레이크 팰리스 호텔의 작은 숲과 섬세한 풀밭을 꿈
꾸었을지 모른다. 그는 뉴욕에서 멀리 떨어져 있는 마하

라자들의 인도, 티그리스와 유프라테스 사이의 안개 낀 오아시스를 꿈꾸었다. 그래서 그는 1893년 만국 박람회에서 보았을 법한 판지로 만든 꿈의 무대 장식과 비슷한 열주의 건물, 다리, 폭포, 조개껍질 형태의 건물, 정자, 인조석 정원을 만들어 그의 꿈을 실현했다. 그래서 버펄로 빌이 과거와 같은 관객을 더 이상 유치하지 못하고 심지어 적자까지 보면서도 멈추지 못하고 그 허망한 순회공연을 오랫동안 돌았던 반면, 엘머는 〈루나 파크〉를 설립했다.

그곳은 자동차는 별로 없지만 거대한 가로등이 늘어선 대로를 통해 들어갈 수 있다. 그리고 어디에나 포스터와 간판이 붙어 있다. 〈코니아일랜드의 심장〉이라고 적혀 있는 거대한 문 아래에 큰 심장 모양의 간판과 〈캐피털 루나〉란 표식이 붙어 있고 그 아래에 커다란 글씨로 〈루나 파크〉 그리고 더 아래에 작은 글씨로 〈톰슨과 던디〉라고 쓰여 있다.

입구(입장료는 10센트이다)에는 일종의 승선 사무실 같은 곳에서 검표원이 일하고 있다. 그러나 그 안으로 들어가면 가로등, 울창한 숲, 러시아 교회 혹은 화려한 크

렘린 궁전처럼 채색된 돔형 종탑이 들어선 또 다른 도시가 나타난다. 브라스밴드, 음수대, 살짝 안으로 굽어진 지붕, 뾰족한 탑, 채색된 작은 집들은 프라하와 그 성뿐 아니라 이탈리아, 인도, 혹은 중국마저도 떠오르게 한다. 왜냐하면 이곳에 들어오면 전 세계를 한꺼번에 보는 것이기 때문이다. 밀짚모자를 쓴 군중이 베네치아풍의 시장에서 만화에 나올 법한 괴물 형상의 석조 배수 조각 아래로 줄지어 걸어간다. 운하, 가짜 요새, 흑인 사육사가 끌어가는 코끼리와 미국 성조기가 뒤섞여 있다. 사람들은 서로 물을 뿌리고, 기어오르고, 소리치고, 뒤엉켜 잡아끌었다. 그리고 밤이 되면 하늘에서 떨어진 작은 별들처럼 수천만 개의 방울종 요정이 지붕과 진열장과 다리, 그리고 가상의 빨랫줄 위에 내려앉아 루나 파크는 반짝거렸다. 이제 하늘은 지상보다 덜 환하다. 그리고 지구는 플루타르크가 말한 것처럼, 우울하고 고독한 표정의 커다란 얼굴을 지녔으며 우리를 꿈꾸게 만드는 저 오래된 행성인 달로 변한다.

그러나 루나 파크의 달은 그 모든 것이 오로지 뾰족탑과 성채, 행복 그 자체이다. 사무실과 공장에서 벗어난 휴식의 공간이다. 사람들은 높게 고개를 빼어 들고 우뚝 솟은 첨탑을 바라보며 점잖게 서로 밀치며 자리다툼을 한다. 인디언, 들소, 서부의 낡은 이야기는 뒷전이다. 이제 대중은 다른 것을 원한다. 대중은 원래 그런 것이다. 그들을 위해 끊임없이 새로운 것을 발명해야 한다. 그들은 한 번도 없었던 것, 환상적 스펙터클, 존재하지 않았던 것을 원한다. 그들은 삶 그 자체, 삶 전체를 원한다. 아마 엘머 던디가 끊임없이 루나 파크에 탑을 세우는 것도 그런 이유 때문일 것이다. 높이 치솟고, 번쩍거리고, 지옥처럼 요란스러워야만 한다!

그러나 아침이 되어 햇살이 빛나면 싸구려 취향이 확연히 드러났고, 천박함이 도드라졌다. 분칠이 녹아 버린 것이다. 엘머는 관리실에 앉아 잠들어 있는 그의 숲을 바라보았고 그가 난생 처음으로 와일드 웨스트 쇼를 보았던 때를 다시 떠올리며 일종의 향수, 거의 회한 같은 것을 느꼈다. 이제 완연하게 스펙터클은 더 이상 예전 같지 않다고 생각했다.

그리고 개장 시간이 되었다. 그는 그의 영지로 들어오는 맹목적이고 흐느적거리는 군중의 물결을 높은 데에서 내려다보았다. 〈시간과 고독의 지배자〉 엘머는 인간들의 사유로 이어지는 작은 계단에 구멍 창을 뚫었다. 그래서 그는 사람들에게 잠깐 그 구멍을 들여다보고 그의 빛의 도시, 종이로 만든 그의 천사들을 보고 그것이 진짜라고 믿으라고 — 그렇다, 잠깐 믿는 흉내라도 내라고 — 요구했다. 그런데 엘머는 과거의 버펄로 빌처럼 사람들이 놀라고 매료되는 척하고 있다는 것을 알고 있었다. 사람들은 목마에 올라타고 와플 과자를 깨물고 롤러코스터가 오르내리면 와, 오, 라고 비명을 질렀다. 그러나 그것이 천국의 정원이 아니라 돈을 우려내기 위해 쇠를 쌓아 만든 작은 고철 덩어리라는 것도 그는 잘 알고 있었다. 후텁지근한 날씨와 작은 돌들 속에서 살다가 오싹하고 가벼운 감정을 느끼며 마음을 세척하러 오는 것이 경멸할 만한 일은 아니다. 그러다 보면 자기 자신을 되돌아보고 손에 손을 잡기도 하고 치마가 조금 올라가서 종아리가 드러나는 계기가 되기도 한다. 그는 힘든 노동을 끝낸 가난한 사람들에게는 이런 풍요에 흠뻑 빠져 자정의 화려한 불빛 속에서 서로 사랑할 권리가 있다고 생각했다. 사람들은 전차를 타고 왔고, 날씨는 좋았으며 햇살이 따가웠다. 사람들은 〈우리를 위해〉 마련된 이 기상천외한 것들 속에서 웃었다. 오! 대형 관람차가 돌아가고 우리 단둘이만 이 세상 위에 남겨졌네. 저 아래 사람들은 어찌나 작게 보이는지. 우리의 피곤과 고통이 단숨에 사라지네. 여기에서 보니 저 모든 생명체들이 티끌만 하지만 얼마나 아름다운가! 무엇을 생각해야 하는지도 모르게 된다. 커다란 관람차가 잠깐 우리를 허공 위에 멈춰 놓으면 뭔지 모를 겁이 나기도 한다. 내려다보고 있자면 티끌과 혼돈, 불편함, 월말의 적자 등 모든 것이 잊힌다. 장쾌한 푸르름, 뉴욕 해안, 물새들, 그리고 이런 앞뒤가 맞지 않는 느낌이 우리를 괴롭힌다. 〈우리가 과연 다를까? 다른 사람들과 다를까? 지금 저 아래 무더위 속에서 줄 서 있는 저들과 이렇게 하늘에 있는 우리는 뭐가 다를까?〉

슬프게 죽는 오락의 왕자들

와일드 웨스트 쇼는 서구 문명 중심으로 세상을 보게 만드는 임무를 완수하고, 샤토브리앙이 소설 『르네』에서 그린 인디언의 모습을 사람들의 의식에서 뒤바꿔 버렸다. 왜냐하면 사람들은 선택받은 자의 특권과 대중 속에 있을 때의 흥분, 버펄로 빌이 구현한 옛것과 새로운 것의 혼합을 동시에 원했기 때문이다. 이 혼합이 흉하면서도 불가피한 것이 되자, 새로운 세대는 매번 그들의 복고 취향에서 문득 치유할 수 없는 상실의 징후를 읽어야만 했다. 그리고 작은 벽돌집의 낡은 마호가니 가구와 나폴리의 판화 사이에서 버펄로 빌 자신도 알 수 없는 현실의 퇴락을 느꼈던 터였다.

뉴욕에 머물렀던 시절 어느 때인가 버펄로 빌은 매디슨 스퀘어 쪽으로 총총걸음을 하며 5번가의 웅장한 건물들을 돌아보고 최초의 〈쇼핑〉 애호가들 사이에 끼어 진열장을 힐끔거리며 흥겨워하다가 동시에 그들의 무제한적 욕망에 염증을 느끼며 즐거워하기도 하고 위축되기도 하던 중, 문득 노스탤지어가 단지 고삐 풀린 새것에 대한 저항만이 아니라 이제 그 자체가 우리 지식의 형식이 되었다는 명백한 사실에 직면하게 되었다. 문명은 이렇게 변했다. 즉 새것과 아쉬움의 불가능한 동맹으로. 다른 것이 아니라 바로 이런 이유 탓에, 한때 대중오락이라는 새로운 형식을 창시했던 버펄로 빌 코디, 그 역시도 위대한 망각 속으로 잊혀 갔다.

빅토리아 여왕 앞에서 세계의 연출을 보여 주었고 심지어 근엄한 글래드스턴마저 사로잡는 데에 성공한 그였다. 에펠탑 아래에 회전식 양탄자를 깔고 수백 마리의 말을 달리게 했으며 그의 초상화를 지구 곳곳 모든 광고판에 내걸리게 했던 그였다. 심지어 자신의 이름 코디를 딴 도시를 건설하고, 인디언이 그들의 잡동사니를 서부에서 러시아까지 팔게 만들었던 그였다. 매표소에 만원사례를 내걸고 사람들 앞에 거대한 무대 장치용 장막을 세운 후

문명의 드라마를 연출하여 수백만 관객으로부터 박수갈
채를 받았으며, 술 달린 윗도리와 구슬 돗자리를 불티나
게 팔면서 진정한 미국 애호열을 일으킨 그였다. 결코 진
짜로 죽지 않는 인디언들을 총성이 울리면 바닥에 굴렀
다가 재빨리 먼지를 털고 다시 일어나 움직이게 만들었
던 그였다. 그 똑같은 인디언들과 어울려 베네치아의 리
알토 다리 아래로 곤돌라를 타고 돌아다니는 모습을 과
시했던 그였고 로마의 콜로세움 경기장이 너무 작다고
여겼던 그였는데, 그가 이제 늙기 시작한 것이다.

하루아침에 그의 연출이 다가올 세상에 부적합하게 되
었다. 인디언들을 진위 판정이 불가능한 세계로 몰아넣
었던 것과 똑같은 과정을 통해 이번에는 그가 천천히 그
늘 속으로 끌려 들어갔다. 관객의 면전에 늘어놓았던 한
줌의 단어들과 스타 출연자들의 인사치레로는 더 이상
충분치 않았다. 그는 프랑스 론강의 삼각주에 살았던 무
명의 목장주 폴코 드 바롱셀리 남작에게 본보기가 되었
다. 아를에서 버펄로 빌의 스펙터클에 매료된 남작은 자
신의 소몰이꾼들에게 〈쇼〉 의상을 입힌 후 소의 본고장
카마르그 지방에서 민속 공연을 열었다(그리스 연극에

서 보병들이 스파르타 복장을 입은 꼴이라고나 할까). 버 펄로 빌이 서커스 공연에서 이용했던 짐승들은 옐로스톤 공원 야생 들소의 조상이 되었다. 한때는 그의 얼굴이 훗 날 러시모어산이 된 합중국 국립 기념 공원에 조각되리 라는 짐작도 있었다. 모든 사람들에게 전범이 되고, 얼굴 에 분칠을 하여 사랑받게 만들고 유명하게 만들었다가 돌연 외면하는 냉혹한 상업 문화를 출범시켰던 그가 이 제 무명으로 전락할 위기에 처한 것이다.

그는 이 바닥에 들어서자마자 일찌감치 쇼가 이렇게 시작해야 한다고 결정했다. 미국 국기를 치켜든 기병대 원 하나가 무대를 한 바퀴 돌고 카우보이 악단이 「별이 빛나는 깃발」을 연주하는 방식으로. 이 곡은 훗날 합중 국의 국가가 되었다. 여기에서 우리는 〈역사〉가 어떤 식 으로 스펙터클 앞에 무릎을 꿇는지 보게 된다. 이것이 전 부가 아니다. 영국 순회공연 중 한번은 기병대원이 여왕 앞에 멈춰 섰다. 빅토리아는 자리에서 일어나 미국 국기 에 경례했다. 영국 군주가 이런 동작을 취한 것은 그때가 처음이었다. 하찮은 서커스의 한 장면이 기대치 않았던

외교적 성공을 낳은 셈이다.

이제 이런 모든 것은 끝났다. 늙은 광대는 낡은 마차와 녹슨 소총 사이에서 지치고, 진이 빠진 채, 항상 돈에 쪼들리며, 목이 메고, 손바닥이 축축해지다가 돌연 심각한 불안에 사로잡혔다. 바넘[13]의 후손들이 그를 도와주었다. 그러나 그것으로 충분치 않았는데, 그는 부채가 너무 많았다. 그래서 최후의 쇼, 웅장한 순회공연을 선언했다. 그의 빚을 청산하기 위해서였다.

하지만 헛수고였다. 이미 영화가 그의 마지막 남은 관객층을 갉아먹는 중이었다. 그게 대수랴, 그도 영화를 제작할 수 있으니까! 영화를 시도해 보았는데, 관객이 따라주지 않았다. 그의 영화들은 흥행 참패를 겪었다. 버펄로 빌은 이제 시도해 볼 패가 남지 않았고 때에 절고 귀퉁이가 구겨진 그의 모든 패가 이미 판에 깔려 있었다. 그의 마음도 영화에서 떠나 있었다. 그의 얼굴은 모든 사람들의 기억에 새겨져 있지만 남아 있는 기억이란 것도 그저

13 미국의 사업가이자 〈바넘 앤드 베일리 서커스〉를 창설한 P. T. 바넘을 뜻한다.

하얀 모자를 쓰고 하얀 말을 탄 희화적 모습일 뿐이었다. 이제 모든 게 하얬으니, 턱수염, 심지어 아랫도리 털까지도 모두 하얗게 세었다. 코디 위에 흰 서리, 무겁고 뜨거운 흰 서리가 내렸다. 그는 할아버지이다. 그러나 그는 어슬렁거릴 시간도, 죽어 가는 퉁퉁한 무릎에 손자들의 작은 엉덩이를 올려놓을 시간도 없다. 늙은 어릿광대는 이제 한 푼도 없는 빈털터리고 심지어 빚더미에 올라갔으니, 빚진 채 인생 종말이었다. 그의 영화들 중에서 지금까지 남아 있는 것을 보면, 틀에 박힌 몸짓으로 연기하는 괴기한 무언극으로 눈길을 끌 뿐이다. 그가 운디드니 〈전투〉 — 그들은 마지막까지도 학살을 〈전투〉라고 명명했다 — 를 재해석한 영화에 출연하여 마일스 장군 곁에 붙어 연기할 때 두 사람 모두 백발이 성성한 뚱뚱한 모습이었다.

그의 화려한 이력은 셀스 플로토 곡마단의 단순한 월급쟁이로 마무리될 터였다. 와일드 웨스트 쇼의 잔재들은 먼지를 풀풀 날리며 경매로 팔려 나갔다. 이제 그는 일당 1백 달러를 받으며 말을 타고 공연장을 빙빙 돌았고 예전에 루이 14세가 그랬듯 그의 품위를 손상시키지 않고 점잖은 세계에 어울릴 체면을 지키기 위해 가발을 써야만 했다. 그렇다. 그것은 계약서에 명기되어 있었다. 〈막장〉에 몰린 불쌍한 인간은 보기에도 딱했고 체면을 지켜 주던 의상까지 빼앗긴 채 병들어 쓰레기 속에서 뒹구는 꼴이었다. 서커스 악단의 지휘자는 어느 날 저녁 빠금히 열린 문틈 사이로 대기실에 홀로 앉아 있는 그를 보고 가슴이 찡했다. 그 나이치곤 아직 우아했지만 머리가 벗겨진 늙은 광대는 수백 번 연기했던 역할을 위해 억지로 얼굴에 분칠을 하고 대기할 수밖에 없었다. 우리 역시 위엄 있는 구닥다리, 수년간의 떠돌이 인생으로 대기실에 유폐된 늙은 배우의 모습에 가슴이 아프다. 역사상 가장 위대한 신비를 제작했던 그가 이제 돌연 사라져 가는 세계 속으로 들어갔고 문득 커다란 향수에 사로잡혀 있는 것이다.

그의 마지막 〈쇼〉 공연을 끝낸 지 두 달 남짓 후였던 1917년 1월, 늙은 윌리엄 코디 — 이제 그는 그의 본명을 되찾았다 — 는 누이의 집을 찾아갔다. 아마도 그는 로키 산맥 아래에서 차가운 먼지를 뒤집어쓴 채 몇 시간을 헤

맸을 것이다. 하늘에 하얀 구름 몇 가닥이 흩어져 있었고 빗방울은 떨어지지 않았지만 지평선에서 번개가 번쩍거렸다. 그리고 갑자기 격렬한 폭풍이 들이닥쳤다. 그의 백마가 안개 속에서 방향을 잃고 맞바람을 헤치고 갈지자로 불안하게 움직였다. 정월 여드레째 되는 날, 그는 드디어 대지를 보았다. 아름다운 풍경에 충격을 받은 그는 햇살을 따라 날아드는 작은 날벌레처럼 그 인생의 마지막 언덕을 바짝 따라갔고 차가운 바람 탓에 폐가 무리하게 부풀어 올라 위험한 병에 걸리고 말았다.

그의 방에 난 창문은 그에게 세상의 거대한 스펙터클을 보여 주었다. 여전히 그는 가끔 세상 사람들에게 장광설을 늘어놓는 배우의 어투로 말했고 아무 쓸모 없는 불쌍한 남자의 명랑한 표정을 짓기도 했다. 웃으려고 애썼지만 그의 내밀한 상처는 아물지 않았고 천장을 쳐다보면 심하게 가슴이 저려 왔다. 그가 무슨 짓을 했던가? 그의 얼굴은 창백했고 이마는 번들거렸다. 침대 옆에 있는 차가운 협탁, 미지근한 물 한 잔, 그리고 너무 뜨겁고 땀에 흠뻑 젖은 베개.

코디는 감상적으로 변했다. 걸핏하면 울었고 누이의

손을 꼭 잡고 한숨을 내쉬었다. 늙은 나뭇가지는 다시 한 번 꽃을 피우고 그 향기를 느끼고 싶었을 것이다! 그러나 코디는 이미 죽었다. 그것도 아주 오래전부터. 버펄로 빌이 되면서부터, 술 장식 윗도리와 입장객을 끌어모으는 호객 발언 속에서, 그의 자아는 지워져 버렸다. 그렇다. 코디는 죽었지만 시팅 불처럼 죽은 것은 아니다. 그의 진수는 미국적인 그 무엇이 되었다. 살아 있는 전설은 죽은 존재였다. 7천만 관객을 끌어 모았던 시절이 지난 지금, 그는 살아서 진정한 죽음 속에 들어가려면 잠깐이나마 부활해야만 했다. 그리고 그는 거기에 이르지 못했다. 그는 마지막 순간까지 싸구려 광대로 자신의 역할을 연기했던 것이다. 스펙터클만큼 아름다운 것은 아무것도 없다.

어느 날 아침 윌리엄 코디의 목소리가 가늘어졌다. 그의 배가 풍선처럼 부풀었다. 더 이상 창밖도 바라보지 않았다. 가슴 속에서 말라 버린 샘, 얼음장, 불치의 상처가 느껴졌다. 시간이 피부 밑에서 그의 말라빠진 긴 손가락 사이로 빠져나갔다. 아마 얼핏 순면 드레스, 아름다운 아이들, 어떤 풍경이 보였을지도 모른다. 그리고 살 속에서 격렬한 시냇물처럼 비가 내렸다. 마지막으로 퍼뜩 의식이 깨어나며 또 다른 삶을 살기 위해 올라가야 갈 오르막 길이 눈에 보였던가……. 그러더니 삶이 흉측한 함정이었던 것처럼 느껴졌다. 한 시간이 흘렀다. 햇살이 방 안으로 들어왔다. 숨 쉬는 것이 조금 나아졌다. 그리고 문득 자신이 저지른 실수, 또한 그가 그 실수를 사랑했다는 사실이 너무도 또렷하게 보이는 것 같았다. 거친 시트와 맞닿은 등이 천천히 미끄러지는 느낌이 들었고 침대 곁에서 미세한 먼지구름이 소용돌이쳤으며 넓은 평원, 길게 누워 있는 시체들, 그리고 수의처럼 그 육체를 덮고 있는 눈이 보였다. 입을 열었으나 말할 기운이 없었다. 아무 말도 입 밖으로 낼 수 없었다. 아! 갑자기 얼마나 하고 싶은 이야기가 많은지…… 세밀한 이야기, 속내 이야기가 얼마나 하고 싶은지……. 그는 눈을 감았다. 사람들은 결코 알지 못하리라. 인간은 원래부터 그런 걸 모를 수밖에 없도록 생겨 먹었다. 열 살이 되건 서른 살이 되건 다른 사람들과 함께 있어도 항상 홀로이며, 누군가를 사랑한다고 낮은 목소리로 고백할 수도 있었을 것이다. 이 세상 그 누구도 말 못 하는 아기였던 적이 없었다. 우리는 그저 장님과 귀머거리였을 따름이다.

아침 시간이 꽤나 지나갔다. 햇살에 베개가 따뜻해지고 고개를 천천히 돌리자 뺨에서 시트의 열기가 느껴졌다. 하느님 맙소사! 얼마나 느낌이 좋았던지. 이것만으로도 족하지 않았던가? 이제 모든 것이 까마득히 멀게 느껴진다……. 무슨 일이 있었던가? 그는 단지 누이가 그의 방에 올라오기만을 기대했다. 그녀가 잠깐이나마 곁에 있기를 얼마나 원했던가. 자신의 상처 속에 웅크린 채 홀로 죽기를 원치 않았다. 아! 누군가 그의 곁에 가까이 있어줄 수만 있다면! 그는 다른 모든 사람들처럼 죽고 싶었다.

그러나 죽음은 끈기가 있다. 죽음은 무대 앞의 관객처럼 침대 앞에 버티고 있다. 누구도 그에게서 벗어날 수 없다. 죽음은 입장료를 치렀고 우리가 파괴되는 꼴을 지켜볼 것이다.

이야기들

운디드니 학살 이후 인디언들은 조각나고 척박한 땅에서 비참한 삶을 이어 갔다. 와일드 웨스트 쇼에서 일했던 인디언들도 몇 년 후 귀향했지만 남들보다 행복한 것은 아니었다. 홍인종은 구시대의 잔재로 취급되었고 이제 〈동화(同化)〉가 그들에게 지상명령이었다.

한 종족의 파괴는 항상 야금야금 단계별로 이뤄지며 각 단계는 요령껏 그 이전 단계에 대해서 책임지지 않는다. 인디언 역사의 마지막 순간에 그들을 착취한 스펙터클은 그들에게 어떤 폭력도 사용하지 않았다. 스펙터클은 최초의 동의를 망각 속으로 폐기해 버렸다. 어디에서나 첫 번째 미혹은 잠시만 지속될 뿐이다. 그리고 매번 통제할 수 없는 파괴가 일어난다. 그리고 말[言]의 세계는 실제 세계를 창조하지 않았다.

—

이제 한번 살펴보자. 그렇다. 눈을 부릅뜨고 온 힘을 다해 들여다보자. 경악할 정도로 풍요와 안락을 누리는 우리의 관점에서 바라보자.

그리고 잠깐 상상해 보자. 오, 단지 잠깐만이라도 우리 주변을 둘러보고 우리가 소유한 모든 것, 집, 가구, 옷가지, 심지어 우리의 이름과 추억, 게다가 우리의 친구와 상황, 모든 것, 완전히 모든 것을 빼앗겼다고, 탈취되고 날아가 버렸다고 상상해 보자. 물론 〈아, 그래, 그런 생각 해본 적 있지, 당연히 짐작할 수 있어〉라고 말할 테지만 그것은 막연한 상상, 완전히 추상적 생각, 단지 말뿐이거나 하나의 가정(假定)일 것이다. 그렇다. 그것은 가정이다. 다른 사람들의 이야기이다. 그냥 하나의 가정. 그런데, 혹시 그 가정에서 무엇인가를 얻을 수 있도록 조금만, 아주 조금만 상상력을 발휘해 보자. 이런 가정, 이런 일은 아주 오래전부터 있어 왔고, 하느님 맙소사, 태곳적부터 영원히 지속되었다고 생각해 보잔 말이다.

여기 이 사진 속의 사람들, 이들은 더 이상 집도 없고 그다지 많은 추억도 지니고 있지 않다. 이들에게는 그저 가정이 아니다. 잘 들여다보기 바란다. 그렇다. 당신은 이들을 알고 있고 수백, 수천 번 보았기 때문에 심지어 아주 잘 알고 있다. 아, 물론 완전히 똑같은 사람들은 아니고 완전히 그들이라고 할 수도 없지만 그러나 잘 들여다보면 당신은 그들을 이미 본 적이 있다.

다시 한번 들여다보자. 이들의 비참한 모습을 보고 단지 묘한 불편함만 느끼는 것이 아니고 일종의 연민을 느낄 텐데, 그렇다, 입이 비뚤어져도 말은 바르게 하자면, 우리는 연민을 느낀다. 그런데 빌어먹을, 이 연민은 어디에서 비롯되는 것일까? 당초에 어디에서 기인한 것인가? 우리는 모른다. 당신의 육체를 가로지르고, 당신의 목을 조이고, 가슴을 눈물로 채우는 그런 것이다. 연민, 이것은 이상한 것이다. 우리도 분명히 이 불쌍한 사람들과 조금은 닮았을 것이다. 그들은 그 누구도 아닌 그저 불쌍한 사람들에 불과하고, 항상 똑같은 아이들을 주렁주렁 달고 있는 똑같은 연약한 몸, 똑같은 초췌한 모습이기 때문이다.

그렇다. 그들의 역사가 마무리되고 우리의 역사가 시작되는 시점에 처해 있던 그들을 다시 한번 자세히 보기로 하자. 그들을 보는 것은 감동적인 동시에 고통스럽다. 그것이 고통스럽고, 우리에게 말 못할 고뇌를 일으킨다면 비록 저 사람들의 얼굴에서 엿볼 수 있는 미소에도 불구하고 우리는 알고 있기 때문인데, 그렇다, 심지어 너무 잘 알고 있기 때문이다. 저들이 머지않아 죽게 될 것이란 것을. 저들이 곧 죽을 것이며 그것을 우리가 알고 있으며 우리가 보는 것에서 그 사실을 짐작하기 때문이다. 문득 우리가 저들과 아주 가깝고, 〈저들과 비슷〉한데, 바로 우리는 죽지 않을 테고, 거의 죽을 가능성이 없기 때문이다.

　저들, 운디드니의 생존자들을 보자. 대학살이 벌어진 지 며칠 후, 거대한 스펙터클이 저들을 사로잡아 우리에게 구경시키기 몇 시간 전에 저들은 일종의 수용소에 있었을 것이다. 그리고 저들은 여자와 아이들과 함께, 오른쪽에서 묘한 털모자를 쓴 채 처연한 미소를 띠고 슬픈 눈빛으로, 몸을 가려야 하는 절박함 탓에 운명의 장난으로 아마 미군 군복을 입고 우리를 쳐다보고 있다.

무릇 사진이란 얼마나 이상한가. 마치 진실이 그 기호 속에 내장된 듯 사진 속에 살아 있다. 그리고 불현듯 나는 이 사진에서 불쌍한 남자가 마치 이 증언이 사건 바깥으로 넘쳐 흘러나온 흔적인 양 〈불쌍한 인간〉 자체를 보는 느낌이 든다. 그리고 나는 생각한다. 그들은 세상이 끝나는 마지막 날까지 빅 풋이 속한 미니콘주족, 와일드 웨스트 쇼의 단역 배우들, 성당 앞이건 맥도날드에서건 도처에서 우리에게 손을 내미는 모든 사람들과 한 가족인 불쌍한 유령들이다. 그렇다. 항상 지저분한 얼굴을 하고 몇몇 여자들과 함께 바닥에 주저앉아 있는 그런 부류의 사람들이다.

다코타주의 선량한 사람들이여, 부디 용서하길. 역사의 편린이 시루 속 콩나물처럼 빡빡하게 들어 있는 그들의 근심 보따리를 역사의 기억에서 꺼내 우리에게 풀어놓기를. 사진을 다시 한번 들여다보자.

그의 슬픔을 사랑하자. 그의 무지에 동참하자. 그의 아이들은 우리의 아이이기도 하며, 그의 작은 모자는 아마 우리에게도 잘 어울릴 것이다! 그를 바라보자. 밤이 하얗다. 내가 무엇을 써야 할지 귀띔해 달라. 제발 너의 얼굴은 더 이상 드러내지 말고 나를 쳐다보지 마라. 대지는 슬프고 육체는 고독하다. 이제 더 이상 아무것도 보이지 않는다. 그리고 불쌍한 왕인 너는 나쁜 패를 골라 쥔 채 거기에 있다.

눈은 세상에서 가장 아름다운 것이다. 눈송이는 다이아몬드처럼 투명한 결정체이다. 그러나 다이아몬드는 지상에서 볼 수 있는 가장 단단한 물질 중 하나이다. 헤라클레스의 투구, 크로노스의 낫, 프로메테우스의 사슬이 모두 다이아몬드를 깎아 만든 것이다. 반면에 눈송이는 아주 연약하다.

눈송이만큼 연약하고 아름다운 것은 없다. 존재하는 모든 것처럼 눈송이는 다양한 형태를 지니고 있다. 와일드 웨스트 쇼가 순회공연을 이어 가다가 그 명성의 절정에 도달하고, 학살당한 인디언 중 살아남은 자들이 협소한 보호 구역에 운집했던 시절, 윌슨 어윈 벤틀리는 버몬트주 제리코에서 태평스레 성장했다. 청소년 시절 그는 들판을 뛰어다니고 언덕에 기어 올라갔고 단풍나무 사이에서 놀았다. 그는 나무껍질을 보고 운세를 읽을 줄 알았다. 윙윙거리는 파리의 날갯짓 소리를 들으며 그들 사이의 대화를 들었다. 겨울이면 그는 종일 바깥에서 시간을 보냈다. 학교에서 돌아오자마자 그는 맛 좋은 작은 파이 한 조각을 삼키고 버몬트의 모든 양키들처럼 들판으로 뛰쳐나갔다. 그러나 아주 멀리 가진 않았고 대신 어마어마하게 작은 것으로 이어지는 길로 돌진했다. 초등학교 교사였던 어머니가 그에게 낡은 현미경을 사 주었는데 그는 매일 피라미드 모양의 예쁜 상자에서 그것을 꺼냈다. 그는 현미경을 세우고 서랍을 열고 유리와 뼈로 만든 깔유리를 재물대에 올려놓았다. 조심스레 작은 핀셋으로 창틀에서 눈송이 하나를 떼어 냈다. 어린 윌슨은 렌즈에 눈에 대고 들여다보았다. 농부의 아들, 버몬트의 농투성이가 들여다본다. 하얀 눈송이가 그의 깔유리에서 부드럽게 녹는다. 윌슨은 온 정신을 모아 그것을 본다. 그의 나이 열네 살 때의 일이다.

5년 동안 그는 자연이 그에게 제공하는 모든 것을 관찰했다. 솔방울, 도토리, 나뭇잎, 모래 알갱이, 조약돌, 꽃잎, 깃털, 그 모든 것. 그는 모든 것을 보고자 했다. 윌슨, 그는 모든 작은 것에 매료되었다. 마치 그런 세계가 더욱 아름답고 더욱 소박하며, 더욱 섬세할 뿐 아니라 동시에 더욱 풍요롭고, 더욱 기묘하며 더욱 광활하기까지 해서 마치 그 미세한 것에는 어떤 마법이 존재하고 실은 거대하고 웅장한 이 아주 작은 세계의 이면에 또 다른 척도가 숨어 있는 것 같았다. 윌슨은 현기증을 느꼈다. 어느 눈송이 하나도 다른 것과 같지 않았다. 처음에는 자기가 유일한 눈송이의 모델을 발견한 줄 알았다. 착각이었다. 조물주는 눈송이 숫자만큼의 모델을 만들었다. 이 아름다움이 사라지지 않게 하려고 윌슨은 그것을 그리려 했다. 그러나 눈송이는 사라져 버린다. 휙. 그는 결코 그림을 완성할 틈이 없었다. 그의 숨결이 눈을 녹여 버렸다. 조물주가 그 무수한 개별성의 비밀을 간직하려는 것 같았다.

열일곱 살 무렵, 드디어 부모님이 그에게 사진기를 사 주었다. 그는 사진기를 현미경에 부착하여 밖에 설치했다. 눈송이가 깔유리 위에 내렸고 날씨는 차가웠다. 윌리는 떨리는 손으로 초점을 맞췄다. 숨을 멈추고 셔터를 눌렀다. 짠! 눈송이가 은판에 포착되었다. 그러나 사진은

뿌옜다. 가끔 그는 의기소침했고 신은 고집불통 욥에게 〈눈의 밑천이 떨어졌느냐?〉라고 물었다. 그러면 윌리는 사진이 물질 속에 들어가 그 신비가 파헤쳐지는 것을 신께서 원치 않으신다고 생각했다. 1년 동안 그는 고집스레 되풀이했다. 그리고 마침내 이전에 누구도 포착하지 못한 눈송이 하나를 사진으로 찍는 데에 성공했다.

이제 그는 굉장한 연구, 굉장하고 미미한 연구에 투신했다. 그는 수백 장의 눈송이 사진을 찍었다. 기적이었다. 서로 닮은 눈송이는 단 하나도 없었다. 버펄로 빌이 이 도시 저 도시에서 박수갈채를 받으며 수십, 수백 번씩 모자를 벗어 화답하는 동안 윌슨은 비슷하다고 믿었던 것 이면에서 무한한 다양성을 발견했다. 처음 보면 똑같아서 구별되지 않지만 채찍 같은 바람을 맞고 살을 에는 추위 속에서 잠깐 숨을 멈추고 몸을 웅크리고 앉아 자신의 느낌 속에 빠져들어 가까이에서 보니 눈송이들은 서로 떨어지고 개별화되고 구별되었다. 그래서 모두가 동등하면서도 다르고 묘하게 개별적이기 때문에 우리가 눈, 혹은 눈송이라고 부를 수 있는 그 어떤 것이 과연 존재하는지조차 모를 지경이었다.

자연은 하나의 스펙터클이다. 아, 물론 자연만 그런 것은 아니다. 사상도 마찬가지이다. 다른 것들도 마찬가지이다. 버몬트의 괴짜 윌슨은 불현듯 삶이 거대한 혼돈이며 눈송이는 운동장의 벽에 남은 공 자국처럼 서로 닮은 것이 하나도 없다고 생각했다. 그래서 그는 물방울, 수증기, 안개 등 작고 예측할 수 없고 깊이를 가늠할 수 없는 모든 현상을 탐색하기 시작했다. 물방울도 기상천외했다. 그 거짓된 투명성, 그 곡선미, 그 풍만함, 기막힌 반사광. 윌슨은 넋을 잃었다. 거기에 숨겨진 풍요로움에 그는 경악했다. 그리고 그는 왜 사람들이 유심히 보지 않는지, 솔방울, 나무껍질, 강가의 작은 조약돌 같은 것에 관심을 기울이지 않는지 의아했다. 그는 가벼운 것에 매료되었다. 허술한 것에 마음을 빼앗겼다. 부드러운 것의 매력에 빠졌다.

미국인들이 사방 천지로 뛰어다니며 땅을 파헤치고, 웅덩이를 만들고 은행을 세우고 맨다리를 드러내고 돌담장에 부딪히듯 욕망으로 좌충우돌하는 동안 윌슨은 버몬트의 부모 농장에 얌전하게 틀어박혀 살았다. 그는 보기만 했다. 그것만 했다. 그리고 솔방울 껍질, 이끼의 조직,

꽃잎, 달팽이 껍질, 겨우살이 등의 사진을 수백 장씩 찍었으며 작고, 위축되고, 연약한 것에 관심을 기울였다. 그러나 그를 가장 놀라게 만들고 가장 황홀경에 빠뜨리고 가장 끌어당기는 것, 그것은 녹고, 흐르고, 졸졸거리고, 타오르고, 해동되었다가, 꺼지고, 숨고, 증발하는 것이었다. 그에게 가장 아름답고 가장 감동적인 것은 오래도록 볼 수 없고, 반복되지 않으며, 당신에게 오로지 한 번만 다가와서 한순간만 머무는 것이었다. 그리고 사라져 버리는 것. 그런 것을 단 하나도 놓치고 싶지 않았다. 모든 것을 붙잡고 싶고 무엇인가 흔적, 지문, 발자국, 추억을 간직하고 싶었다.

아, 윌슨 벤틀리, 그는 아마도, 틀림없이, 조금 미쳤을 것이다. 그는 깔유리판에서 나는 미세한 눈송이의 소리, 그리고 그의 마음 깊은 곳에서 울려 퍼지는 어떤 비명을 들으며 몇 시간씩이나 테라스 위에 누워 있었다. 껍질, 깃털, 가루의 사진을 찍는 것을 좋아했지만 눈이라면 유난히 사족을 쓰지 못했다. 왜냐하면 눈송이는 연약하며 동시에 차갑고, 아름다우면서 동시에 끔찍할 정도로 인간에게 단호하기 때문이다. 눈은 모든 것을 덮고도 남는다. 눈은 눈부시고 침울한 모습으로 세상의 표면을 뒤덮은 채 미동 없이 끈질기게 저기 존재한다.

그래서 윌슨이 가장 두려워하는 것은 눈송이, 단 하나의 눈송이일지라도, 거의 비물질적이며 천상의 가벼운 존재이며 춤추는 그 작은 입자 하나라도 놓치는 것이었다. 그는 농장 마당 테라스에 누워서 제모용 핀셋 끝으로 초민감 물질을 살짝 건드리는 느낌에 빠지곤 했다. 작은 수정에 가까이 몸을 숙이자마자 하늘에서 막 떨어진 것, 유성의 작은 부스러기가 산산조각 흩어져 버렸다. 빨리 처리해야 했다. 아주 빨리. 이 유일한 존재, 자신의 무덤이 될 그의 자취, 마치 우리가 고착시키고 싶은 순간적 감흥, 그러니까 일종의 책 같은 것을 사진 은판 위에 새기고 싶다면, 순간을 노리고 주의를 집중하고 섬세하게 준비해야만 한다. 내가 알고 있는 그의 희귀한 사진들 속에서 윌슨은 농장 앞에서 눈을 맞으며 눈송이 하나를 찍고 있었는데, 그는 웃고 있었다.

본인이 원치 않았지만 그의 사진들은 유명해졌고 전 세계에 알려졌다. 그는 〈눈과 이슬의 마술적 아름다움〉

이란 제목으로 기막힌 사진들을 『내셔널 지오그래픽』에 게재했다. 그는 사진을 통해 우리들 방의 유리창 위에 나무, 고사리, 산호, 레이스 형태들을 무심한 듯 수놓는 자연의 걸작을 환기시켰다.

그가 클라리넷을 연주하며 새, 거위, 개구리의 소리를 흉내 낼 줄 안다는 말도 돌았다. 아마도 맞는 말일 것이다. 그가 괴짜라는 것은 이론의 여지가 없지만 아마도 조금 윤색되었을 것이다. 그는 어린 여자아이들의 미소도 사진으로 찍었지만 남아 있는 것이 하나도 없다. 그는 그날의 날씨, 그가 입었던 옷, 그날의 대소사, 그의 농장에서 팔았던 우유의 양까지 모든 것을 몽땅 기록했다. 그에게는 사소한 것 모두가 그 나름대로 중요했다. 그러나 그의 삶의 본질적인 것은 모두 눈[目]에 집중되었다. 윌슨은 마치 산다는 것은 보는 것, 주시하는 것이며 가시적인 것에 사로잡힌 사람처럼 거기에서 무엇인가를 미친 듯 추구하며 온몸이 시선 속에 있었다. 그런데 무엇을 추구했을까? 아마도 아무것도 아닐 것이다. 그저 죽어 가는 시간, 허물어지는 형태에 대한 느낌.

나이가 든 그는 불가능한 것을 시도했는데, 바람을 사진으로 찍고자 했다. 그러나 사진은 카메라로 포착하는 모든 것을 죽이며, 움직임은 그 카메라 속에서 죽고 만다. 그리고 영화조차 속수무책이다. 바람의 효과는 촬영할 수 있어도 바람 자체는 그럴 수 없다. 그는 시도해 보았다. 나는 산들바람이나 눈바람을 찍은 그의 사진을 본 적이 없다. 보고 싶지도 않고 상상할 뿐이다. 얼마 후, 그는 이슬도 사진으로 찍었다. 그가 아침 녘 메뚜기 다리에 맺힌 이슬방울을 찍으려 했다는 말도 있다.

그는 고질적 이야기꾼이었고 천장에 초롱불을 매달았으며 식당에서 크로케 놀이를 했고 아이들에게 흥겹고 환상적인 그의 철학 부스러기를 털어놓았다. 그는 영화를 좋아했다. 메리 픽퍼드의 열성 팬이라 그녀의 영화는 결코 놓친 적이 없었으며 영화 막간에 오르간을 연주하기도 했다. 미나 실라라는 초등학교 교사를 사랑했는데 그저 손가락으로 유리창에 그녀의 머리글자를 새겨 넣는 것으로 그쳤다고 한다. 그것만 해도 대단한 것이다.

그는 사진의 원판을 5센트에 팔았다. 티파니와 같은 아주 비싼 보석 장신구의 문양에서 그것이 재현된 것을 볼 수 있다. 그는 돈도 명예도 얻지 못했다. 부모가 죽자 형제들이 집을 차지해서 그는 부모 집 작은 구석에서 홀로 살았다. 예순일곱 살이던 어느 날, 집에서 10여 킬로미터 떨어진 곳을 산책하던 중 추위가 그의 뼛속까지 스며들었다. 그러나 그는 여전히 반드시 무엇인가를 보고 싶어 했는데, 소나무 가지에 매달린 아주 아름다운 고드름을 보려고 했다. 태풍이 불었다. 사람들이 그를 불렀다. 하지만 그는 여전히 보고 있었다. 그는 너무도 섬세하고, 너무도 우아한 이 얼음 조각의 형태, 그 연약하고 가늘고 섬세한 가지, 한순간 사라지는 술 장식을 바라보았다. 사람들은 숨이 끊어진 그를 집으로 데려왔다. 그때가 성탄 전야였다. 그를 땅에 묻을 때 눈이 내렸다고 한다.

사진 출처

10, 16, 36, 50, 98, 126페이지 출처 미상

24페이지 ⓒ McCord Museum

62, 76페이지 ⓒ National Anthropological Archives, Smithsonian Institution

114페이지 ⓒ Library of Congress, Prints & Photographs Division, Detroit Publishing Company Collection, [LC-DIG-det-4a11115]

140페이지 ⓒ Library of Congress, Prints & Photographs Division, John C. H. Grabill Collection, [LC-DIG-ppmsc-02517]

148페이지 ⓒ W. Bentley, Buffalo Museum of Science

옮긴이의 말

1968년에 태어난 에리크 뷔야르는 1999년 첫 소설『사냥꾼』을 발표한 이래로 2009년『콩키스타도르』, 2012년『콩고』, 2016년『7월 14일』, 2017년『그날의 비밀』, 그리고 2019년『가난한 사람들의 전쟁』까지 모두 아홉 편의 소설을 발표했다. 그 아홉 편은 크게 보아〈역사 소설〉로 분류될 수 있다. 중세 농민 봉기, 프랑스 혁명, 스페인과 벨기에가 자행한 식민지 전쟁, 그리고 20세기에 이르러 발발한 양차 세계 대전처럼 그는 줄곧 서구 역사의 전환기에 발생한 대규모 폭력 상황을 작품 소재로 삼고 있다. 역사 소설치고 비교적 짧은 분량인 그의 작품은 몇몇 주인공을 중심에 세우고 서사의 폭을 동심원 형태로 확장하는 기존 방식과 달리 무수한 인물이 제각기 자기 색깔과 형태를 감당하는 모자이크 벽화처럼 보인다.

2015년에 발표한 『대지의 슬픔*Tristesse de la terre*』은 서부 개척 시대에 공연단을 조직하여 미국뿐 아니라 유럽까지 떠돌았던 한 인간의 삶을 추적한 전기 형식의 이야기이다. 그는 기병대와 인디언의 전투를 재현한 쇼로 재물을 모아 자기 이름을 딴 도시를 건설할 정도로 성공을 거두기도 했지만 나중에는 빈털터리로 쓸쓸한 죽음을 맞았다. 에리크 뷔야르의 다른 작품에서 다룬 사건이나 인물과 견주어 보면 버펄로 빌은 역사의 무대에서 잠깐 스쳐 지나간 무명 배우에 불과할지도 모른다. 그런데 작가가 이 인물에 주목한 이유가 있다. 유랑 극단의 기획자이자 배우에 불과한 그가 연출한 〈쇼〉의 원리는 인류를 폭력으로 내몰았던 원리와 근원적으로 동일하다. 게다가 그 원리는 전쟁과 혁명뿐 아니라 우리의 평범한 일상까지 은근하고 지속적이며 불가역적인 원리로 지배하고 있다. 옛부터 단상에 올라 눈길을 끄는 것이 명예와 권력을 독점하는 지름길이었다. 매체학자 레지 드브레는 인류 역사를 설득의 수단을 기준으로 〈말씀의 시대〉, 〈활자의 시대〉, 〈이미지의 시대〉로 삼분한 바 있다. 이미지의 시대, 혹은 무대의 시대를 〈대량 소비〉 수준으로 끌어올린

장본인이 바로 버펄로 빌이다. 전 세계 인류에게 환상을 판매하는 할리우드와 디즈니랜드의 밑그림을 그린 선구자가 버펄로 빌이었던 것이다.

봉기, 혁명, 전쟁과 같은 대규모 폭력 사태는 기존의 질서를 지탱하는 제도가 그 정당성과 실효성을 상실한 시점에 발생한다. 역사책은 그 폭력의 추동력이 소수의 착취에 시달리다가 마침내 임계점에 이른 다수의 분노로 설명하지만 그것은 역사의 한쪽 바퀴만 본 것이다. 뷔야르는 원래부터 인간은 현실보다 현실의 껍질을, 진실보다 진실처럼 보이는 허구에 쉽게 집착하기 때문에 역사는 폭력에서 벗어나지 못한다고 지적한다. 그런 관점은 대체로 1960년대 중반에 시작된 상황주의 역사관을 계승한 것이다. 거칠게 요약하면 역사의 추동력은 폭력을 행사할 수 있는 권력을 어느 편에서 쥐는가에 따라 결정되는 데 그 권력은 스펙터클에서 비롯된다는 것이 그가 역사 소설에서 견지한 일관된 관점이다.

스펙터클이란 용어가 본격적으로 부각된 데에는 1967년 기 드보르가 발표한 저서 『스펙터클의 사회』가 크게 기여했다. 『그날의 비밀』을 비롯해서 에리크 뷔야르가 쓴 일련의 소설이 한결같이 『스펙터클의 사회』를 소설로 풀어 쓴 것이라면 과장일 수도 있겠지만 『대지의 슬픔』 역시 〈스펙터클은 세계의 기원이다〉라는 선언으로 시작된다. 『대지의 슬픔』은 그의 다른 작품을 해독하는 데에 유익한 단서를 제공한다. 이 소설도 운디드니에서 벌어진 인디언 학살 사건을 다루고 있지만, 그 사건 자체보다는 현대적 스펙터클의 탄생에 초점을 맞추고 있다. 따라서 〈스펙터클은 세계의 기원이다〉라는 첫 문장을 길게 풀어 쓴 것이 소설 『대지의 슬픔』이다. 이 짧은 문장에서 〈스펙터클〉은 흔히 눈요깃거리, 우리의 이목을 붙잡아 정서를 변화시키는 볼거리 전체를 통칭하며 〈세계〉는 주어진 자연에 적응하여 인간들이 무리 지어 살아가는 문명 전체를 일컫는다고 보아도 무방하다. 인간이 홀로 살지 않고 무리를 짓고 지속적 역사를 이루는 이유가 단지 생존과 직결된 물질적 이해관계만으로 설명되지 않는다. 이에 대한 설명은 소설의 3장 「배우」의 첫 문장에 제시되었다. 〈문명은 항상 굶주린 거대한 짐승〉이며 닥치는 대로 먹을 뿐 아니라 물질적이지 않은 먹이도 요구한다는 대목에서 그 비물질적 먹이가 바로 스펙터클이다. 인간 무리를 하나로 묶는 힘은 비가시적 이상을 재현하는 스펙터클에서 나온다.

원시 시대의 제사장, 고대 그리스의 연극 무대, 로마의 원형 경기장, 중세 교회의 설교단 등은 모두 신화나 역사적 순간을 관객 앞에서 현시화한 것이다. 『스펙터클의 사회』 글머리에서 인용한 포이어바흐는 『기독교의 본질』에서 〈현대는 확실히 사실보다 이미지를, 원본보다 복사본을, 현실보다 표상을, 본질보다 가장을 선호한다〉라고 설파했는데 그는 현대가 본격적인 스펙터클의 사회에 진입하여 현실보다 현실을 재현한 허상에 의해 좌우된다는 것을 지적했다. 그리고 이어지는 기 드보르의 일성은 이렇다. 〈현대적 생산 조건을 지배하는 사회에서 모든 삶은 스펙터클의 거대한 축적물로 나타난다. 매개 없이 직접 경험했던 모든 것이 표상 속으로 멀어진다.〉 여기에서 〈표상représentation〉이란 용어는 재현, 모방, 미메시스, 예술 등 여러 단어로 번역될 수 있다. 돈이 일정 수준 이상으로 축적되면 자본이 되듯 작은 규모의 재현이 축적되어 대량 소비를 겨냥하면 현대적 스펙터클로 변한다. 모든 삶은 스펙터클의 축적이라는 기 드보르의 선언은 마르크스『자본론』의 첫 문장에서 상품을 스펙터클로 조금 바꾼 것이다. 이들 생각을 거칠게 정리하면 부(富)는 상품의 축적, 물질적 자본에 토대를 두지만 현대에 이르면 환상을 자아내는 스펙터클이 또 다른 상품이자 자본이다. 우리에게 꿈과 희망, 그도 아니면 남루한 현실에서 잠깐이나마 위로를 주는 스펙터클을 이토록 비판하는 것은 다른 상품과 마찬가지로 스펙터클이 인간 소외와 물화(物化)를 초래하기 때문이다. 날이 갈수록 전문화, 대량화로 치닫는 스펙터클은 우리의 사유를 압도한 나머지 주체성을 잊게 만들어 결국 수동적 구경꾼으로 전락시키기 십상이다. 게다가 공연의 소비자는 말할 것도 없지만 그것의 생산자마저도 자기소외에 빠지고 만다. 예컨대 운디드니 근처에도 가본 적 없었던 광대가 공연을 거듭하다 보니 마치 자신이 역사 현장의 목격자, 주인공이라는 착각에 빠지게 되는 것이다. 학살의 역사는 스릴과 서스펜스를 앞세운 한 편의 쇼로 재현되고 가해자와 피해자는 연출가와 배우로 착종된다.

에리크 뷔야르의 글은 평범한 묘사의 행간에도 연민과 분노가 배어 있다. 그것을 우리말로 옮기는 일은 쉽지 않았다. 그닥 길지 않은 작품을 번역한 터에 두서없는 사족을 달고 번역의 어려움을 운운하는 것이 적절치 않다고 생각된다. 옮긴이의 말이란 제목 아래에 그저 커다란 글씨로 〈고맙습니다〉라고만 썼어야 했다.

2020년 2월

이재룡

옮긴이 **이재룡** 1956년 강원도 화천에서 태어났다. 성균관대학교 불어불문학과를 졸업하고 프랑스 브장송 대학교에서 석사와 박사 학위를 받았다. 현재 숭실대학교 불어불문학과 교수로 재직 중이다. 지은 책으로『꿀벌의 언어』가 있으며, 옮긴 책으로는 에리크 뷔야르의『그날의 비밀』, 장 에슈노즈의『달리기』,『일 년』,『금발의 여인들』, 밀란 쿤데라의『참을 수 없는 존재의 가벼움』,『정체성』, 조엘 에글로프의『장의사 강그리옹』,『해를 본 사람들』,『도살장 사람들』, 외젠 이오네스코의『외로운 남자』, 마리 르도네의『장엄호텔』등이 있다.

대지의 슬픔

발행일　2020년 2월 20일 초판 1쇄

지은이　에리크 뷔야르
옮긴이　이재룡
발행인　홍지웅 · 홍예빈
발행처　주식회사 열린책들

주소 경기도 파주시 문발로 253 파주출판도시
전화 031-955-4000　팩스 031-955-4004
홈페이지 www.openbooks.co.kr

Copyright (C) 주식회사 열린책들, 2020, *Printed in Korea.*
ISBN 978-89-329-2004-7 03860

이 도서의 국립중앙도서관 출판예정도서목록(CIP)은 서지정보유통지원시스템 홈페이지(http://seoji.nl.go.kr)와 국가자료공동목록시스템(http://www.nl.go.kr/kolisnet)에서 이용하실 수 있습니다.(CIP제어번호: CIP2019047990)